读客

全球顶级畅销小说文库

全球文化，尽收眼底；
顶级经典，尽入囊中！

恋情的终结

[英]格雷厄姆·格林 著　柯平 译

江苏凤凰文艺出版社
JIANGSU PHOENIX LITERATURE AND
ART PUBLISHING, LTD

The End of the Affair

献给 C.

人的心里有着尚不存在的地方，痛苦会进入这些地方，以使它们能够存在。

——莱昂·布洛伊[①]

目 录

第一部　001

第二部　059

第三部　119

第四部　169

第五部　185

第一部

1

故事没有开端，也没有结尾：作者从自己经历中选择那个可以让其回顾以往或者放眼未来的时刻时，完全是任意的。有些职业作家，在被人们认真注意到的时候，会因他们的写作技巧而受到赞美。我用"作者选择"这样的说法时，口气里所带的，便是这类作家会有的那种并非很确切的自豪感。但是，事实上是我自己选择了一九四六年一月那个漆黑的雨夜里，在公共草坪上看到亨利·迈尔斯顶着一片滂沱大雨斜穿而过呢，还是这些景象选择了我？依照我这一行当的惯常做法，我从这里开始写会很方便，也很正确。可如果当时我信某位天主的话，我也会相信有那么一只手在拽着我的胳膊肘，示意我说："去同他打招呼吧，他没看见你。"

不然的话，我怎么竟会去同他打招呼呢。如果用"恨"这个字眼来说人不算太过分的话，我是恨亨利的——我也恨他的太太萨拉。我想那天晚上的事情过后不久，亨利也开始恨我了，就像他一定曾时时恨过自己的太太以及另外那个人一样（所幸的是，那时候我们都不相信另外那个人的存在）。所以说，这本书所记述的与其说是爱，倒远不如说是恨。不过，如果我碰巧说了亨利和萨拉什么好话的话，读者也大可以相信我：我这样做是在抵制偏见，因为我喜欢写出接近于真实的东西，甚于发泄自己接近于仇恨的情感，这是我的职业自尊心之所在。

看到亨利在这样一个夜晚跑到外面来可真是奇怪：他喜欢自己拥有的那份安逸，而且——或者说是我这么想——他毕竟有萨拉。对于我来说，安逸就像是在错误的地点或者错误的时间里勾起的错误的回忆：人在孤独的时候宁愿不要安逸。甚至在我那间起居两用的公寓，我也嫌安逸太多了。公寓位于公共草坪的南边——错误的那一边——里面还有别人丢下的旧家具。我想到雨里去散散步，在邻近的小酒馆里喝上一杯。狭窄拥挤的门厅里挂满了陌生人的衣帽——住在三楼的那个人正在招待客人，结果我错拿了别人的雨伞。我带上身后那扇镶着彩色玻璃的门，小心翼翼地走下台阶，台阶在一九四四年时被炸坏了，以后就从来没修过。我有理由记住那个场面，记住那扇结实、难看、维多利亚时代风格的彩色玻璃门，是如何经受住炸弹爆炸的震荡的，就像我们的祖父们当时如果健在的话也会的那样。

我刚准备穿过公共草坪，就发觉自己拿错了雨伞，因为伞上裂着一条缝，雨水流进了我的防雨布衣领。就在这时候，我看到了亨利。本来要躲开他很容易，他没带伞，借着路灯，我能看到他的眼睛被雨水糊住了。黑魆魆的、没有叶子的树像破水管似的耸立在那里，挡不了雨。雨水从亨利头上戴的那顶硬邦邦的浅黑色帽子上滚落下来，汇成一股股细流，顺着他的黑色公务员大衣往下淌。我就是同他擦身而过，他也不会看见我，何况我还可以往路边走两步，保证让他看不到。但是我却开口说："亨利，简直认不出你来了。"我看到他听到我的声音后眼睛一亮，就像碰到了老朋友似的。

"本德里克斯。"他亲热地招呼道。天下的人都会说他才有恨人的理由，而不是我。

"亨利，下这么大的雨，你在这干吗？"有些人身上有着你自己不具备的美德，这样的人总让你忍不住要去戏弄戏弄。他含糊其词地回答道："哦，我想透透气。"一阵突如其来的风雨差点把他的帽子卷到北边去，幸好他及时把它抓住了。

"萨拉好吗？"我之所以这么问，只是因为如果不问的话就会显得有点不对劲，其实我巴不得听到她病了、快快不乐、奄奄一息的消息才开心呢。我想象过，在那些日子里，她所经受的任何痛苦都可以减轻我的一份痛苦；她要是死了，我就解脱了，我就不会再去想象那些处在我这样不光彩境地里的人一定会去想象的事情了。要是萨拉死了，我想自己甚至会喜欢亨利这个可怜的傻瓜蛋的。

他说："噢，她晚上出去了。"他的话又惹动了我心里的鬼胎，让我想起往日里别人问到萨拉时，亨利一定也是这样回答的，而那时只有我一个人知道萨拉身在何方。"去喝一杯？"我问他。出乎意料的是，他竟然真的同我走到了一块儿。在此之前，我们还从没在他家以外的地方喝过酒。

"我们好久没见到你了，本德里克斯。"由于某种原因，别人一般只知道我的姓氏——尽管朋友们也会用我那喜爱文学的父母亲给我起的那个文绉绉的名字"莫里斯"来称呼我，我或许压根儿就没在受洗仪式上被命过名①。

"是有好久了。"

"呃，准有—— 一年多了吧。"

"自从一九四四年六月起。"我说。

"有那么久了——啧。啧。"真是个傻瓜，我心里想，时间已经过去了一年半，他竟然连一点蹊跷都没看出来。我们双"方"之间只隔着一片不到五百码②宽的平坦草坪。难道他就从来没想到过问萨拉一句："本德里克斯近来情况怎么样？要不要请他过来坐坐？"而萨拉的回答也从来没让他觉得……古怪、闪烁其词、值得怀疑吗？我像一块滚进池塘里的石头一样从他们的视野里消失得无影无踪。我想石头落水后水面泛起的涟漪也许让萨拉心烦意乱了一星期，或者一个月，可是亨利的两眼就像紧紧蒙着马眼罩似的，什么也看不见。我曾经特别恨他那双眼睛，甚至在我因为它们而获得好处的时候也恨，因为我知道别人也同样可以因为它们而获得好处。

"她在看电影吗？"我问。

"呃，不，她现在几乎不去看电影了。"

"过去她可是去的。"

庞蒂弗拉克特徽章酒馆仍旧装点着圣诞节气氛的纸彩带和纸

---

① 西方称呼熟人时一般用其名，名系出生后受洗礼时所起（即命名），故又称"教名"。
② 码，英制单位，1码等于3英尺，即0.9144米。

铃铛，这是商业化的庆祝活动后留下的淡紫色和橙黄色的残骸。年轻的老板娘胸脯抵着吧台，脸上一副对顾客不屑的神情。

"挺漂亮。"亨利有口无心地说了一句。他手足无措、怯生生地四处张望，想找个挂帽子的地方。在我印象中，他曾去过的最接近于酒馆的场所，就是离诺森伯兰林荫大道不远的那家牛排馆，他与部里的同事们一起在那里吃过午饭。

"你来点什么？"

"我不介意来杯威士忌。"

"我也不介意，不过在这儿你只能将就着喝点朗姆酒了。"

我俩坐在桌边，手指盘弄着酒杯：我跟亨利向来没什么话好说。我无法确定，如果不是因为一九三九年要动手写一部以一位高级公务员为主角的故事，自己是否还会费心劳神地去同亨利或者萨拉混熟。亨利·詹姆斯①曾在与沃尔特·贝赞特②的一次讨论中说过：一位有足够才智的年轻女人要写一部有关王室卫队的小说的话，只须从卫队某个军营的食堂窗前走过，向里面张望一下就行了。不过我觉得，在该书写作过程中的某个阶段，这个女人会发现有必要同卫队的一位士兵上床，哪怕这么做仅仅是为了核实一下细节。我倒没真的同亨利上床，不过我做了仅次于此的好事情。第一次带萨拉出去吃饭的晚上，我就产生了一个无情的念头：我要把一位公务员太太脑子里的东西掏出来。她不知道我的

---

① 亨利·詹姆斯（Henry James，1843—1916），美国小说家与评论家，晚年加入英国籍，代表作为《一位女士的画像》《鸽翼》等。
② 沃尔特·贝赞特（Sir Walter Besant，1836—1901），英国作家、历史学家，代表作为《都在一个美丽花园里》《吉比恩的孩子》等。

用意。我确信：她以为我真的是对她的家庭生活感兴趣。或许，正是这一点使她对我产生了最初的好感。亨利什么时候吃早饭？我问她。他是乘地铁、公共汽车还是坐出租车去上班？他晚上把工作带回家来做吗？他有带王室徽章的公文包吗？在我的意兴推动之下，我同萨拉之间的友谊开出了花朵；看到竟然有人会把亨利当回事儿，她高兴极了。亨利很重要，不过他的重要程度实在同大象相差不了多少，这种重要性来自于他所在部门的规模。有些类型的重要性天生倒霉，注定了要在不重要的冷宫里待着。亨利是养老金部门一名重要的助理大臣——该部门后来成了家庭安全保障部。家庭安全保障——在那之后的岁月里，在那些痛恨同伴、想找把家伙的时候……我曾对这个名称嘲笑不已。终于有那么一次，我故意告诉萨拉说，我之所以对亨利感兴趣，只是为了给自己书中的人物找原型，而且这个人物还是一个滑稽可笑的角色。从那以后，萨拉就开始不喜欢我的小说了。她对亨利忠心耿耿（这一点我从来也无法否认）。在我被魔鬼夺去理智、连对与世无争的亨利都心怀怨恨的那些时刻里，我曾经借着写这部小说来发泄自己的愤怒，杜撰出了一些粗陋不堪的情节……有一次，萨拉同我度过了整整一个夜晚（我一直盼望着这样的时刻，就像作家盼望着自己的书写到最后一个字一样），我不经意间说错的话毁了整个晚上，破坏了接连几个钟头里有时如同一段完整爱情的气氛。大约两点钟时，我气呼呼地睡着了。三点时分，我醒过来，将手搭在萨拉的手臂上，把她给弄醒了。我想自己原来是想让一切都恢复正常，但是当我的受害者把她睡眼惺忪、美丽又充满信任的脸转向我时，我又不那么想了。她已经忘记了争吵，可是我将她的健忘都视为自己重拾旧怨的新理由。人类真是别扭啊，然而他们却说我们是天主创造的。在我看来，一位不像全等式那样简单朴素、不像空气那样澄澈透明的天主是难以想象的。

我对萨拉说："我一直躺在这里想第五章的内容。亨利在出席重要会议以前，是不是要嚼嚼咖啡豆来去掉嘴里的味道呢？"萨拉摇摇头，开始无声地哭泣起来，我当然佯装不明白她为什么要哭；问这个问题并没什么别的意思，我一直在为自己的人物苦恼，这不是对亨利的攻击，就连最体面的人物有时候也会嚼嚼咖啡豆……我如此这般地说了一番。她哭了一会儿便又睡着了。她睡得很踏实，而我把她能够入睡都看成是对自己的额外冒犯。

亨利不停地喝着朗姆酒，目光在淡紫色与橙黄色的彩带之间痛苦地游移着。我问他："圣诞节过得好吗？"

"很好，很好。"他答道。

"在家里过的？"亨利抬起头来看看我，就好像我说"家里"这两个字时的声调听上去很奇怪似的。

"家里？是啊，当然是在家里。"

"萨拉好吗？"

"好。"

"再来杯朗姆酒？"

"这次该我来买了。"

亨利去买酒时，我上了趟洗手间。洗手间的墙壁上乱画着一些字句："操你妈的店老板，还有你那大奶子的婆娘。""祝所有的婊子和拉皮条的主们梅毒愉快，淋病快乐。"我赶紧走出洗手间，回到令人愉快的纸飘带和叮当作响的碰杯声中间。有时，我在那些追求安逸的人们身上太清楚地看到自己的影子，这时候，我就会有一种去相信那些圣徒和英雄美德的强烈愿望。

我把刚才看到的那两句话复述给亨利听，想让他震惊一下，但出乎我意料的是，他只是轻描淡写地说了句："嫉妒是件糟糕的事情。"

"你是说大奶子婆娘这句？"

"两句都是。人自己日子过得不好，就会嫉妒别人的幸福。"他在家庭安全保障部里竟然学会了这番道理，这让我实在没想到。此时，在我的遣词用字当中，我那愤愤不平的情绪又从笔端流露出来。这种情绪是多么枯燥和没劲啊。如果有能耐的话，我会用爱来写作。可是如果能用爱来写作的话，我就会是另外一个人：我也就根本不会失去爱了。然而此刻，隔着眼前这张上面铺着瓷砖、闪闪发亮的酒桌，我心里蓦地感觉到了点什么，它并非是像爱那样极端的东西，或许只不过是一种同病相怜、惺惺相惜的感情。我问亨利道："你过得不好吗？"

"本德里克斯，我很担心。"

"跟我说说。"

我猜想是朗姆酒让他开了口，要不就是他对我知晓他许多事情这点略有所闻的缘故？萨拉对他忠心耿耿，但我们两人的关系发展到了那份上，我难免会从她那里听到一些有关亨利的事情……我知道他肚脐左边有颗痣，因为有一回，我身上的一个胎记让萨拉想起了它。我知道他近视，却不愿意在生人面前戴眼镜（我也仍然算得上是个生人，所以从来没见过他戴眼镜）。我知道他喜欢在十点钟时喝茶。我甚至知道他的睡眠习惯。他是否意识到：我已知道他这么多事情，再多知道一件并不会改变我俩之间的关系？总之他说："我担心萨拉，本德里克斯。"

酒吧间的门开了，迎着灯光，我看见外面大雨倾盆。一个咋咋呼呼的矮个儿男人冲进门来，嘴里嚷嚷道："各位好啊？"可是没人搭理他。

"她是不是病了？我想你说过……"

"不，不是病了。我不这么想。"他神色凄然地环顾了一下四周——这里不是他习惯的"环境"。我注意到他两眼充血，也许他不能好好戴眼镜——周围老有那么多的生人，也有可能是他淌过眼泪的缘故。他说："本德里克斯，我不能在这儿谈。"听他的口气，就好像他曾经有过在什么地方谈话的习惯似的。"跟我到家里去吧。"

"萨拉会回来吗？"

"我想不会。"

我付了酒钱，这是亨利心神不宁的又一个表现，因为他对别人的好客之举从来就不太容易消受；大家一起打车时，他总是那个别人还在东摸西找时就已把车钱攥在手心里的人。公共草坪的林荫道上雨水仍在遍地流淌，不过亨利的家离得并不远。他从安妮女王朝代风格的气窗下摸出碰簧锁的钥匙，打开房门，走进去喊道："萨拉，萨拉。"我盼望着有人答应，但又害怕听到应声，不过最终并没有人答应。亨利说:"她还没回来,到书房里来吧。"

以前我从没去过他的书房:我一直是萨拉的朋友,碰到亨利时也是在萨拉的地方,在她那间杂乱的起居室里。那里面没有什么东西是彼此相配的,也没有什么东西属于某个特定的时代,或者经过专门的布置;那里的一切似乎都属于我见到萨拉的那一周,因为主人没让任何一件标志着旧时喜好或情感的东西留存下来。那里的一切都是被人用过的,就像此刻在亨利的书房里,我感到很少有什么东西被人用过一样。我怀疑那套吉本①的集子到底有没有被打开过,而司各特②的那套文集之所以放在那儿,可能也只是因为那是他父亲的东西,就像那座《掷铁饼者》③雕像的青铜复制品一样。然而,在这间没怎么用过的房间里,亨利的心情却变得好了一点,这只是因为这里是他的房间——是归他所有的东西。我满怀嫉恨地想:一个人要是稳稳当当地拥有一件东西,那就从来不需要去用它。

"来杯威士忌?"亨利问。我想起了他的眼睛,心下寻思:他是不是喝得比过去多了。从他手下慷慨倒出来的确确实实是两份双倍量的威士忌。

"什么事让你烦心,亨利?"那本关于高级公务员的小说我早已丢开不写了,我也没再继续去寻找什么原型。

"是萨拉。"他说。

---

① 吉本,即爱德华·吉本(Edward Gibbon, 1737—1794),英国历史学家,著有史学巨著《罗马帝国衰亡史》6卷。
② 司各特,即沃尔特·司各特(Sir Walter Scott, 1771—1832),苏格兰小说家、历史小说的开创者,著有《艾凡赫》《威弗利》等历史小说。
③《掷铁饼者》为古希腊雕塑家米隆的代表作,完成于古风时期末。

如果两年前亨利就像现在这样说出这几个字来的话，我会感到惊恐吗？不，我想我会喜出望外的。人对于东瞒西骗的生活总是没法不感到厌倦。我会欣然接受公开的决斗，哪怕只为了这样一个原因，即：在决斗中，由于亨利那方战术上的某种失误，我有那么一丁点儿机会胜出——无论多么渺茫。在此前和此后的生活里，我都从未有过那么强烈的想成为赢家的愿望，就连想写出一本好书的愿望也从未那样强烈过。

他抬起头来，眼眶红红地看着我说："本德里克斯，我很害怕。"我不能再以那种居高临下、神气活现的态度对待他了。他也成了倒霉鬼学校毕业生当中的一员：他在我上过的同一所学校里通过了考试。我平生头一回把他看成了自己的同类。我记得他的写字台上有几张镶在牛津式相框里的发黄的旧照片，其中有一张照片上是他父亲。我曾经边端详那张照片边想：那上面的人看上去是多么既像亨利（照片是在与亨利差不多大的年龄，即四十五六岁的光景时照的），又不像亨利啊。不像的地方并不是人中上留的一撇小胡子——而是他脸上那种维多利亚时代的人所特有的世事驾轻就熟、方向路线清楚的自信神情。突然间，我又感觉到了刚才有过的那种惺惺相惜、同类相伴的友情。我喜欢亨利甚于喜欢他那曾在财政部供职的父亲。我俩同样都是局外人。

"你害怕什么，亨利？"

他像被人推了一把似的一屁股坐进安乐椅里，语气愤然地说："本德里克斯，我一直在想：一个男人所能做的最坏的、最最糟糕的事情……"那些日子里，我肯定整天都坐立不安：为人清白所带来的安详对我来说是多么陌生，又是多么单调无味啊。

"你可以相信我的，这点你知道，亨利。"我边说心里边想：尽管我信写得很少，但萨拉还是有可能保留着我的一封信。这是作家们冒的一种职业风险。女人会夸大她们情人的重要性，她们从来也不会预想到有朝一日，一封言辞失检的情书会被打上"有趣"的标记，以五先令①一封的标价出现在手迹售品的目录上，那时的情景将会让人多么沮丧。

"那你瞧瞧这个吧。"亨利说。

他伸手递给我一封信——信上的字不是我的笔迹。"打开来看吧，念念。"亨利说。信是亨利的一个朋友写来的，上面写道："我的建议是，你想帮助的那个人应该去找维戈街159号一个名叫萨维奇的人。我发现他能干、谨慎；他的手下也不像通常干这个行当的家伙们那样惹人讨厌。"

"我不明白，亨利。"

"我给这人写了封信，说我的一个熟人因为私人侦探事务所的事情来征求我的意见。真是糟糕透了，本德里克斯。他一定早就看穿了我的幌子。"

"你真的是要……？"

"我还没去做什么，但信就搁在写字台上，让我想起来……这事看起来够荒唐的，是吧？她一天进来十几趟，可我竟然就这么死心塌地相信她不会看信。我甚至都没把它收到抽屉里。不

---

① 英国旧货币单位，1英镑等于20先令，1先令等于12便士。1971年，英国货币改革时被废除。

过，其实我还是难以相信……这会儿她出去散步了。'散步'，本德里克斯。"大雨不但淋透了他的衣服，而且穿透了他的心理防线。他一边说一边把袖口凑到煤气暖炉上。

"我很遗憾。"

"你过去一直是她的一个不一般的朋友，本德里克斯。人家不是说吗，丈夫其实是最不知道妻子真正样子的人……今天晚上在公共草坪上看到你时，我就想：把事情告诉你，如果你笑话我，那我大概就可以把信烧了。"

他伸着那只淋湿的胳膊坐在那儿，两眼躲着不看我。我从来没有什么时候比这会儿更不想笑的了，但是如果真能笑得出来的话，我是会开怀大笑的。

我说："这不是人们会笑话的那档子事情，即使这样想是有点叫人不可思议……"

他用颇带企盼的口气问我："是有点不可思议。你觉得我真是个傻瓜，对吧？"

片刻之前，我会很愿意大笑一场；然而此时，在我只能硬着头皮说假话的时候，往日有过的所有嫉妒之情又都涌上了心头。难道夫妻之间真是这么血肉一体，没法分割，以至于如果恨妻子的话，就非得连带着丈夫一起恨吗？亨利的问题使我想起他是多么好骗，好骗到这样的地步，以至于在我看来，他几乎是在纵容妻子的不忠，就像把零钞丢在饭店客房里的人是在纵容偷窃一样。他为人处事的秉性一度成全了我的爱情，但我之所以恨他，却正是因为他的这种秉性。

他的上衣衣袖在煤气暖炉上冒着热气。他依然躲避着我的目光，重复说道："当然，我看得出来，你觉得我是个傻瓜。"

这时候，我心里的魔鬼开始发言了："噢，不，我不觉得你是个傻瓜，亨利。"

"你的意思是说，你真的认为有可能……？"

"当然有可能，萨拉也是人嘛。"

他生气地说："我一直以为你是她的朋友呢。"听他的口气，就好像那封信是出自我的手笔似的。

"当然是，"我说，"不过你对她的了解要远胜于我。"

"在某些方面。"他愁容满面地说。我知道，他心里想到的那些"方面"正是我对萨拉了解最为清楚的地方。

"亨利，你问我是不是觉得你是个傻瓜。我只是说：这种想法本身并没有什么傻的地方。我并不是说萨拉不好。"

"我明白，本德里克斯，对不起。我最近睡眠不好，夜里会醒，不知道该拿这封倒霉的信怎么办。"

"烧了它。"

"但愿我能这么做。"他手里仍然拿着信；有那么一瞬间，我真的以为他要把信点着了。

"要不就去见见萨维奇先生。"我说。

"但我不能在他面前假装不是萨拉的丈夫。你想想，本德里克斯，坐在一张办公桌面前，坐在一把所有吃醋的丈夫都坐过的椅子上，讲述同样一件事情……你觉得会不会有一间等候室，从那儿走过时大家都能看到彼此的面孔？"怪了，我暗自寻思，你差不多得把亨利看成是个有想象力的人了。我觉得自己的优越感受到了威胁，于是心里重又生出了戏弄他的欲望。我说："干吗不让我去呢，亨利？"

"你？"一时间，我心里有点吃不准，不知道自己是不是说得过头了，会不会连亨利都开始产生怀疑了。

"对。"我在玩火。我心想：让亨利知道一点往事又有什么关系呢？这对他会有好处，或许还能教会他把太太管好一点。

"我可以装扮成一个吃醋的情人，"我接着往下讲，"吃醋的情人要比吃醋的丈夫多一份可敬，少一份可笑。他们身后有文学传统撑腰，遭到背叛的情人都是悲剧性人物，而非喜剧角色。想想特洛伊罗斯[1]吧。我见萨维奇先生的时候，是不会丢掉自己的amourpropre[2]的。"亨利的衣袖已经烘干，但他还把它举在火上，袖子的布这会儿烘得有点焦了。他说："你真愿意为我做这件事吗，本德里克斯？"他眼含泪水，就像从未料到或者从不觉得自己配有这种至高无上的友谊似的。

"当然愿意。你的袖子着火了，亨利。"

他看了看袖子，神情就像那是别人的衣袖似的。

"但这很荒唐，"他说，"我不知道自己都在想些什么。先是跟你说这件事，然后又要你做——这个。我不能通过朋友来刺探自己太太的情报，而且还让朋友装扮成自己太太的情人。"

"呃，是不合适，"我说，"但是婚外恋、偷人家东西或者从

---

[1] 欧洲中世纪传说中的人物，被祭司的女儿克瑞西达所抛弃，莎士比亚曾据此创作过长诗。
[2] 法语，意为"自尊心"。

敌人的炮火下面逃跑也都不合适。不合适的事情大家每天都在做，亨利，这是现代生活的一部分。我自己就做过其中的大部分。"

他说："你是个好人，本德里克斯。我需要的只是能有个人好好聊聊——清理一下脑筋。"这回他真的把信送到了煤气取暖炉上。等他把烧完的最后一片纸屑放进烟灰缸里后，我说："那人的名字叫萨维奇，地址是维戈街，门牌不是159号，就是169号。"

"忘掉这事吧，"亨利说，"忘掉我跟你说的话。这样做没什么意义。我这几天头痛得厉害，得去看看医生。"

"门口有声音，"我说，"是萨拉回来了。"

"噢，"他说，"那应该是保姆，她去看电影来着。"

"不，是萨拉的脚步声。"

他走到门口，打开门，脸上自动堆起一群表示亲切和疼爱的线条。每逢萨拉在场，他都会作出这种机械的反应。我对他这点一直很生气，因为它毫无意义——我们不可能总是欢迎女人待在自己身边，即便是恋爱时也不可能；而且我相信萨拉告诉我他俩从未相爱过的话是真的。我相信：在自己所经历的那些愤恨和猜忌的时刻里，真诚欢迎的成分反倒还要多些。至少对我来说，她是她自己，是个独立的人——而不是像一小块瓷器似的，是房子的一部分，得小心轻放才成。

"萨拉，"亨利喊道，"萨——拉——"他说"萨拉"这两个字时拖长了音调，声音里带着让人无法忍受的虚情假意。

萨拉在楼梯口停住了脚步，把脸转向我们。我怎么才能让一个不认识她的人看到她这会儿的模样呢？为了描写一个人物（哪怕是自己笔下那些虚构的人物），除了通过描写他们的动作，我就从来没能用过别的什么办法。我一直觉得，在小说里，应该允许读者用他们自己选择的方式去想象一个人物：我不想为他提供现成的图解。然而此刻，我自己惯常采用的技巧却背叛了我，因为我不想让萨拉的形象同任何别的女人的形象混在一起，我想让读者看到她那宽阔的前额、轮廓清楚的嘴唇和脑壳的形状，但我所能呈现在读者面前的却只是一个披着滴水雨衣的模糊身影。她转过身来说："噢，亨利？"然后则是"你？"以往她一直是用"你"来称呼我的，打电话时老是说："是你吗？你能吗？你会吗？你呢？"弄得每次总有那么几分钟时间，我会像个傻瓜似的在想：世界上只有一个"你"，那就是我。

"见到你很高兴，"我说——其实这会儿正是那些恨上心头的时刻当中的一个，"出去散步了？"

"是的。"

"今晚天气很糟糕，"我说话的语气里带着谴责，而亨利则貌似焦急地加了一句："你身上都湿透了，萨拉。有一天你会得要命的重感冒的。"

有时候，一句带有世俗智慧的陈词滥调会像暗示厄运难逃的音符一样从谈话里冒出。不过，即使我知道、亨利本人也知道他自己说的是实话，我还是怀疑：如果萨拉真的因为我们的神经质、猜疑与忌恨而病倒的话，亨利和我两人当中究竟有谁会真心着急。

2

　　说不清楚时间又过去了多少天。从前心里有过的那种烦恼与不安重又降临。处于这种阴郁愁闷心境中的人说不清楚日子长短，就像盲人注意不到光线的变化一样。我是在邂逅亨利以后的第七天还是第二十一天决定自己的行动计划的？在事隔三年的现在，我对当时的情景只存有一些模糊的记忆。记得当时自己夜不成寐，沿着公共草坪的边沿转悠，站在池塘边上或者那座十八世纪时建造的教堂门廊下面，远远张望着他们的房子，抱着那万分之一的希望，企盼着房门打开，萨拉从那几级没被炸坏的、已被人踩得溜光滑亮的台阶上走下来。但企盼中的时刻从未到来。多雨的日子已经结束，晚来天气晴朗带霜，但那座房子就像一只本来有玩偶进出预告天气好坏，而如今已经弄坏了的晴雨盒一样，里面既没有男人出来，也没有女人出来。我再也没看到亨利在黄昏后从草坪上走过。或许他对自己告诉我的事情感到羞愧，因为他是个安分守己的人。我写下"安分守己"这个词时是颇带几分嘲笑意味的，不过如果审视一下自己内心的话，我就会发现自己对安分守己的人有的只是钦佩和信任。他们就像人们从公路上过往的汽车里看到的茅顶石墙的村落一样，看上去如此平静，让人油然想到祥和与安宁。

我记得在好多个昏天黑地的日子乃至星期里，自己老是梦见萨拉，醒来后有时痛苦，有时高兴。一个人如果整天都想着一个女人，那就并不一定非要等到晚上才能梦见她。当时我正试图写一本书，但就是写不成形。我每天写五百个字，可是人物怎么也活不起来。写作当中有如此之多的东西取决于日常生活中那些表面的事物。作者可能在忙着买东西，申请所得税退税，或者同人进行偶然的交谈，但在他的大脑里，无意识流却在不受搅扰地继续流动，解决着种种问题，计划着将要做的事情。等到他没精打采、有气无力地坐在书桌边时，词语就会从天而降，突然来到笔下。本来卡了壳、没法再写下去的场景又会开始往下发展。在他睡觉、购物或者同朋友闲聊的时候，工作已经完成了。但是，这种仇恨和猜疑的情绪，这种破坏的激情，却比写作中的书籍本身更加深沉——无意识会转而听命于它们，于是终于有那么一天早晨，醒来后我便知道（就好像夜里已经筹划好了似的）：今天自己要去拜访萨维奇先生了。

委托服务业是一类多么稀奇古怪的行业啊！人们委托律师，委托医生，如果是天主教徒的话，我想还会委托神父。现在我又在这张单子上加上了私人侦探。亨利认为，去私人侦探事务所会招来别的委托人注意，这个想法真是大错特错。这家侦探事务所里有两间等候室，我被单独带进了其中一间。这地方同你在维戈街上看到的很不一样，这点颇为奇特——办案人的外间办公室有股类似发霉的味道，等候室里则放着一些更像是牙医诊所候诊室外会出现的时髦杂志——其中有《时尚芭莎》《生活》以及若干法国时装杂志。带我进去的人态度有点过于殷勤，穿着也有点过于考究。他为我拉过一把椅子，将它放到壁炉边上，又十分小心地关上了房门。我感觉自己就好像是个病人，而且我猜想自己真的是病了，病得严重到要让医生用时下闻名的休克疗法来给自己治疗嫉妒症的程度了。

萨维奇先生身上引起我注意的东西首先是他的领带：我估计它代表着某个公学的男校友会；其次是他那张淡淡地刷了几笔妆粉的脸刮得有多么干净；随后，是他的前额，灰白色发际线开始后退、闪闪发亮的前额，一盏体现着理解、同情和急于助人一臂之力愿望的指路明灯。我留意到在同我握手的时候，他很奇怪地拧了一下我的手指。我想他一定是个共济会①会员。如果当时我能同样回拧一下他的手指，缴费时说不定还能得到特别优惠呢。

"本德里克斯先生吗？"他说，"请坐。我觉得这把椅子是最舒服的。"他替我掸了掸椅垫，小心周到地站在我身边，直到我成功地屈身坐进椅子为止。随后，他拖过来一把直背椅子，放在我身边，好似要为我号脉。"现在你用自己的话把一切都告诉我。"他说。我想象不出除了用自己的话以外，我还能用别的什么话。我觉得窘迫不安，心里不是个滋味：我来这儿并不是为了得到同情，而

---

① 共济会出现于18世纪的西欧，是一种类似宗教的兄弟会，至今成员和会所已遍布全球，其成员之间有着特殊的握手势。

是出钱（如果出得起的话）来换取某种实际的帮助。

我开口道："我想知道你们替人盯梢的服务收费是多少？"

萨维奇先生轻轻抚弄了一下自己的那条带条纹的领带，说："现在别为这个操心，本德里克斯先生。我为这回首次咨询收费三几尼①，不过如果你不想再往下进行了，那么我分文不取，什么也不收。最好的广告，你知道，"他像插入体温表给人量体温那样顺溜地把"陈词滥调"插了进来，"就是满意的顾客。"

我想，在一般场合下，我们所有人的行为都差不多，讲的话也一样。我说"这个案子很简单"，同时十分恼怒地意识到：在我开口讲述以前，萨维奇先生其实已经什么都知道了。在我不得不说出的情况里，没有一样东西是萨维奇先生会感到奇怪的；在他能从我的口述中挖到的材料里，没有一件不是当年已被挖出来过几十遍的。就连大夫有时也会被某个病人的病情弄得束手无策，而萨维奇先生却是个只治一种病的专家，这种病的每个病征他都熟悉。

他用一副温文尔雅得让人难过的腔调对我说："不着急，慢慢说，本德里克斯先生。"

我像他的所有其他病人一样变得局促不安起来。

"往下实在没什么好说的了。"我解释道。

"啊，往下是我的工作了，"萨维奇先生说，"你需要做的只是给我情绪和气氛。我想我们是在讨论本德里克斯太太？"

"并非如此。"

---

① 英国旧货币单位，1几尼等于1.05英镑。

"可人家是这么叫她，对吧？"

"不，这一点你全搞错了。她是我一个朋友的太太。"

"是你的朋友派你来的？"

"不是。"

"或许你同那位女士很——亲密？"

"不，一九四四年以后我只见过她一次。"

"这我恐怕就弄不太明白了。你说过的，这件案子是要派人去盯梢的。"

直到这会儿，我才意识到他让我多么恼火。"一个人是爱是恨，"我冲他发作起来，"难道都不能那么长久吗？别搞错了，我只是你那些嫉妒的委托人当中的一个，我并没有说自己同别人有什么不一样，只不过是我的案情里有段时间差罢了。"

萨维奇先生把一只手放在我的衣袖上，仿佛我是个焦躁不安的孩子。"嫉妒并没什么不光彩，本德里克斯先生。我是一直把嫉妒当作真爱的标志来赞扬的。那么我们此刻说到的这位女士，你有理由认为她现在——同别人很亲密吗？"

"她丈夫认为她在欺骗他。她有私下里的约会。她为自己去什么地方的事撒谎。她有——秘密。"

"啊，秘密，是的。"

"当然啦，这里面或许并没有什么。"

"根据我长期的经验，本德里克斯先生，这里面几乎毫无例外都会有点什么。"萨维奇先生似乎觉得已打消了我的疑虑，足以让我安心往下治疗了。他回到自己的写字台边上，开始准备动笔记录了。姓名、地址、丈夫的职业。记到一半时，他停下笔来问道："迈尔斯先生知道这次会见吗？"

"不知道。"

"我们的人肯定不会受到迈尔斯先生的注意吧？"

"当然不会。"

"这给本案增加了一个额外的困难。"

"或许过后我会把你们的结果报告拿给他看。我不知道。"

"你能为我提供一点她家里人的情况吗？有没有保姆什么的？"

"有的。"

"她的年龄？"

"不太清楚，有三十八岁吧？"

"你不知道她有没有追求者吗？"

"不知道，我也不知道她奶奶叫什么名字。"

萨维奇先生耐心地对我笑了笑：有一会儿，我想他正打算要离开写字台，再过来拍拍我，让我坐在那儿别起来。"看得出，本德里克斯先生，你没有搞调查的经验。保姆很有关系，她可以告诉我们女主人在生活习惯方面的许多事情——如果她愿意的话。你如果知道，哪怕最简单的调查都会牵扯到那么多东西的话，一定会感到惊奇。"那天上午他确实证明了这一点：他那小小的潦草字迹铺满了许多页纸。其间有一次他中断了别的问题问我："如果事情紧急，迫不得已的话，你不反对我的人上你家来找你吧？"我对他说没关系，但马上就觉得好像是在把什么传染病放进自己的房间。"如果能避免的话，最好……"

"那是自然，那是自然，我理解。"我倒也真的相信他能理解。我满可以告诉他说：有他的人在，就好像家具上有了灰尘。他们的出现会像煤灰一样弄脏我的书籍。他听了这话后也不会感到意外或是恼怒的。我有在纸面洁净、上面有单行格线的大页书写纸上写东西的癖好：一个污渍、一块茶斑都会把一页纸弄得没法再用。我脑子里闪过一个怪念头：为了防止万一会有令人不愉快的客人造访，我得把纸锁起来。我说："他如果预先能通知我一下，那会好些……"

"那是自然，不过这并不总是能办到。你的地址，本德里克斯先生，还有电话号码？"

"电话不是私人专用的，我的女房东有个分机。"

"我手下所有的人都会把事情考虑得很周到。你想每周要一次结果报告呢，还是宁愿只要结案报告？"

"每周一次。案子或许永远也结不了，调查也可能一无所获。"

"难道你经常去看病，却没被检查出有任何病症？你知道，本德里克斯先生，一个男人觉得需要我们的服务，这个事实几乎总是意味着会有一些值得报告的情况存在。"

我想，同萨维奇先生打交道算是幸运的。有人推荐他，说他不像通常干这行的人那么让人讨厌，但我却觉得他那种自信的神气颇为可憎。仔细想一想，调查无辜的人，这并非什么可敬的行当——恋爱的人不几乎总是无辜的吗？他们没有犯罪，他们心里明明白白地知道：自己并没做什么不对的事情。"除了我，根本没别的人受伤"，这句老话随时随地挂在他们嘴边，而爱情自然会原谅一切——他们这么相信，而我自己在恋爱的日子里也曾这么相信。

说到收费时，萨维奇先生公道得让人意外：每天三几尼，外加日常用度——"当然，这要经过批准。"关于日常用度，他向我解释说："你知道的，几杯咖啡而已，有时候我们的人得请人喝上一杯。"我稍稍开了个玩笑，说喝威士忌我可不批准，但萨维奇先生并没领会我的幽默。"我知道有那么一个案例，"他对我说，"办案人在适当的时候请人喝了杯双份的威士忌，结果省掉了一个月的调查工夫——那是我的委托人花钱买到过的最便宜的威士忌。"他解释说，有的委托人要求每天报账。我告诉他，每周给我报一次账就行。

整个事情办得很快：在我从他的事务所出来走到维戈大街上之前，他几乎已经让我相信：这种会晤是所有人或迟或早都要经历的。

3

    "还有什么你可以告诉我的相关情况吗？"我记得萨维奇先生这么问过——侦探们一定和小说家一样，觉得在找出正确的线索以前，搜集各种琐细的材料十分重要。但是找出正确的线索——让真正的对象显露出来——这是多么困难的一件事情啊。外部世界的巨大压力好似peine forte et dure①一样压在我们身上。既然现在我开始写自己的故事，那么我所面对的就仍然是同样一个问题，只是它变得更加严重了一些而已——因为既然我不必杜撰，那么摆在我面前的事实就远比摆在侦探们面前的事实要多。每天的报纸、每天的饭食、轧轧作响开往巴特西②的汽车、从泰晤士河飞过来寻找面包的鸥鸟，一九三九年初夏的阳光在公园里闪耀，孩子们在那里驾驶帆船，那是战前年代里那几个明媚的、注定要遭灾的夏天当中的一个。我怎么才能从这些沉闷的场景中再现自己的人物呢？我不知道：如果自己想得够久的话，是否就能

---

① 此处为法语，意思是"重刑"。
② 伦敦旺兹沃思行政区内的住宅区，曾是伦敦重要的工业区，位于泰晤士河南岸。

在亨利安排的聚会上看出谁是萨拉未来的情人。我们是在那次聚会上初次相识的。由于当时西班牙正在打仗，我们喝的是劣质的南非雪利酒。我想自己之所以会注意到萨拉，是因为她很快乐：那几年里，在即将到来的风暴的威压下，快乐的感觉已经奄奄一息很久了。人们会在喝醉酒的人身上、在孩子们身上发觉快乐，但很少会再在别的什么地方看到它。我立刻就喜欢上了萨拉，因为她说了一句曾经读过我的书的话，后来就没再提起这个话题——我马上觉得自己是在被当作一个人，而不是一个作家来看待。我并没有任何要爱上她的念头。首先，她很美丽，而美丽的女人，尤其是美丽同时又很聪明的女人，会在我心里激起一种深深的自卑感。我不知道心理学家们是否用过"科菲图阿情结①"这个名词，反正我一直觉得，在没有某种心理或生理优越感的情况下，自己很难产生性欲。头次见到她的那回，我所注意到的一切，就是她的美丽、她的快乐，以及她用双手触碰别人、似乎很爱他们的样子。除了开始时她说过的那句话以外，我只记得她对我说过的一句话："你不喜欢的人好像很多。"她之所以那么说，也许是因为我一直在伶牙俐齿但不太客气地议论自己同行的缘故，我记不清了。

那是个怎样的夏天啊。我不打算去追忆准确的月份，因为要让思绪回到那里，我得忍受万般痛苦才行。但我记得在喝下太多的劣质雪利酒之后，我和亨利离开闷热的、挤满了人的屋子，走

---

① 科菲图阿是英国古代民谣中所描写的一位北非国王，他对女性一直不感兴趣，最后爱上了一位乞丐女，并与之幸福地结合。在西方文化中，偏爱贫女的富男被称为具有"科菲图阿情结"。

到了公共草坪上。草坪那头，太阳正在落下，草坪上笼罩着一层落日洒下的惨淡余晖。远处的房屋都是维多利亚时代版画中描绘的那一种：小巧、精致、宁静，只有很远处的地方有一个孩子在哭。那座十八世纪的教堂像个玩具似的竖立在一块孤零零的草地上——在连绵不断的干爽日子里，那只玩具夜里可以放在外面。那是个你会向不认识的人吐露心扉的时刻。

亨利说："我们大家可以多么地快乐啊。"

"可不是吗。"

他离开了自己圈子里的那伙人，眼里噙着泪水，站在公共草坪上——我十分喜欢当时他那个样子。我说："你们的房子很可爱。"

"是我太太找到的。"

我一个星期以前才刚认识他。那是在另外一次聚会上——那段日子里他在养老金部工作，我因为收集素材的缘故硬同他拉上了关系。两天以后请柬来了。后来我知道，请柬是萨拉要他寄的。"你们结婚很久了吗？"我问他。

"十年了。"

"我觉得你太太很迷人。"

"她是我的好帮手。"他说。可怜的亨利。可我为什么要说"可怜的亨利"呢？握有儒雅、谦恭和信心这一手决胜牌的，难道最终不正是他吗？

"我得回去了，"他说，"我不能把什么事都推给她，本德里克斯。"他按住我的胳膊，就好像我们已经认识了一年似的。

这个动作他是不是从萨拉那里学来的呢？结了婚的人会彼此变得相像。我们并肩往回走，在推开过道的门时，我从放在角落的镜子里看到两个人像是刚刚接过吻似的分开了——其中一人就是萨拉。我瞧了瞧亨利。

我想他要么是没看见，要么是不在乎，要么就是有点别的什么。他一定是个不幸福的人。

那个场面萨维奇先生会觉得有关系吗？后来我知道，亲吻萨拉的并不是她的情人，而是亨利在养老金部的一个同事。那个同事的妻子一周前同一个有本事的水手跑了。那天萨拉还是头一次碰到他。就我已被断然排除在外的那种场景而言，他似乎不太可能还身在其中。爱情耗尽自己用不了那么长时间。

我本不想提起这些往事，因为写到一九三九年的时候，我感觉到旧日里所有的愤愤不平又都回来了。恨似乎与爱一样，都作用于我们体内同样的腺体：就连它们产生的行动都是一样的。如果没有人教会我们应该如何解释耶稣受难的故事，那么单从犹大和彼得的行动来看，我们能说得清爱基督的究竟是嫉妒的犹大还是怯懦的彼得吗？

4

从萨维奇先生的事务所回到家后,女房东告我说迈尔斯太太来过电话。我听后一阵欣喜,就像以往听到前门关上,过道里传来她的脚步声时一样。我有一种急切的希望,希望几天前她看到我以后,心里会唤起某种我可以加以利用的东西——这当然不会是爱情,但会是一种情感、一段回忆。此时我仿佛觉得,只要能再占有她一次——不管怎样匆忙、马虎、不尽兴——我就会重新平静下来:我会把她从心里洗刷出去,随后我就离开她,而不是她离开我。

在十八个月的沉默之后,又拨起"麦考莱7753"这个号码,此事有点怪;更叫人觉得奇怪的是,由于无法肯定最后一位数字是什么,我不得不在通讯录上查找这个号码。我坐在那儿边听电话铃响边想:不知亨利是否已从部里回来,要是他接电话的话,我该说些什么。随后我意识到:说真话再也没有什么不对的了,谎言已经抛弃了我。我觉得很孤独,就好像谎言一直是我唯一的朋友似的。

耳畔响起一位训练有素的女佣重复电话号码的声音。我问："迈尔斯太太在家吗？"

"迈尔斯太太？"

"你不是麦考莱7753吗？"

"我是的。"

"我找迈尔斯太太。"

"你打错电话了。"对方把电话挂了。我从没想到：小事情也会随着时间的推移而发生变化。

我在电话号码簿上查找迈尔斯，上面还是那个老号码：号码簿已经过期一年多了。我正欲打电话问查号台时，电话铃又响了。打电话来的正是萨拉本人。她有点局促不安地问道："是你吗？"她从来没用名字称呼过我，由于没对我用以往用过的那些亲热称呼，此刻她的声音听上去有点不自在。我说："我是本德里克斯。"

"我是萨拉，你没听到我给你留的口信吗？"

"噢，我正要给你打电话，只是我得把一篇文章给写完。顺便说一下，我想我这儿现在没你的电话号码。我估计电话号码簿里有吧？"

"不，还没有呢。我们换了号码，是麦考莱6204。我想问你件事。"

"嗯，什么事？"

"没什么了不得的大事。我想同你吃午饭，就这事儿。"

"当然可以，我很乐意。什么时间？"

"明天行吗？"

"不，明天不行。你瞧，我就是得把这篇文章……"

"星期三呢？"

"星期四行不行？"

"好吧。"她说。我几乎可以想象到"好吧"这两个字里所包含的失望——我们的自尊心就是这样欺骗我们的。

"那么一点钟我在皇家咖啡馆里等你。"

"你真是太好了。"她说。从她的声音里，我听得出她说的是真心话。"星期四见。"

我手握听筒坐在那儿，像审视一个人们不想认识的傻瓜和丑八怪似的审视着仇恨。我又拨通了她的号码，而且一定是赶在她离开电话机前截住了她。我对她说："萨拉，明天可以。我刚才忘了点事儿。老时间、老地点见。"我坐在那里，手指搭在沉默下来的电话机上，心有所期，暗暗想道：我记得呢，这就是希望的感觉。

5

　　我把报纸平摊在餐桌上，反复阅读着同一版，因为我不想看着门口。门外不断有人进来，但我不想成为那些脑袋一会儿抬起一会儿低下、显示出是在傻乎乎地等待着什么的人当中的一个。我们大家到底有些什么好期待的，竟然能够听凭自己的心里充满失望？晚报上登载着寻常的谋杀案新闻，以及关于议会争论糖果配给数量的报道。她已经迟到五分钟了。倒霉的是，她进来的当儿正好看见我在看表。我听见她的声音说："真抱歉，我坐公共汽车来的，路上很堵。"

　　我说："坐地铁要快一点。"

　　"我知道，不过我并不想快。"

　　她经常这样实话实说，让我下不来台。在我们相爱的日子里，我老是试图让她说得比实话多出一点——说我们的恋情永远不会结束，说有一天我们会结婚。我不会信她的，但我会喜欢从她嘴里听到这些话，这也许只是为了能够得到一份自己可以做主的满足吧。不过她却从不肯玩这种孩子们过家家的游戏，而是在说过了让我下不来台的话之后，突然让人预料不到地说出一句如此可爱和大度的话，使得我的矜持态度顿时土崩瓦解……我记得有一回，正当我为她平静地表示"有一天，我们的关系会结束"感到难过时，就听到她说："以前我从没像爱你一样地爱过一个男人，以后也再不会了。"听到这句话以后，我又感到难以置信的幸福。唉，我想，她自己不知道，其实她也一样在玩着过家家的游戏。

她挨着我坐下，要服务员给她来一杯拉格啤酒。"我已经在鲁尔斯订了座。"我说。

"我们不能就在这里吗？"

"那是我们以前常去的地方。"

"是的。"

我们两人的神态看上去可能有点紧张，因为我发现我们引起了坐在不远处沙发上的一个矮个子男人的注意。我试图用两眼逼视他，好让他不敢再看我。那人留着长长的唇须，长着一对淡黄褐色的眼睛。他赶紧把目光移开了。他的胳膊肘碰到了啤酒杯，啤酒杯打着转儿滚到了地上，这让他极为狼狈。这时我的心里感到有点歉疚，因为那男人可能是以前在照片上看见过我：他甚至可能是我那些为数不多的读者当中的一个。他身边坐着一个小男孩，当着儿子的面让父亲出丑太残酷了。服务员赶了过来。在他父亲无甚必要地拼命道歉时，男孩子的面孔涨得通红。

我对萨拉说："当然，你得在自己喜欢的地方吃午饭。"

"你瞧，后来我就再也没上那儿去过。"

"唔，你从没把它当作自己的餐馆，对吗？"

"你常上那儿去吗？"

"我去那儿很方便，一星期两三次吧。"

她一下子站起身来，说："那我们走吧。"但说完以后便突然大咳起来。对于她那瘦小的身躯来说，这阵咳嗽显得过于剧烈：她的额头上渗出了汗珠。

"咳得很厉害啊。"

"噢，没关系，真对不起。"

"打车吗？"

"我还是宁愿走路。"

沿着仕女巷左边的马路往北走，会看到一个前面马路上铺着阴沟盖的门道。我们默默无语地走过门道。第一次同她一起吃饭时，我问她亨利的生活习惯，而她对我的兴趣产生了好感。饭后去地铁站的路上，我在那个门道上笨手笨脚地吻了她。我不知道自己为何那么做，或许只因为当时脑海里浮现出镜子里看到的那一幕的缘故吧，因为我并没打算要同她做爱——就连再去看望她的打算都没有。她太美了，在我心里激不起可以亲近的念头。

落座后，一个早就认识的服务员过来向我打招呼："您好久不来了，先生。"我听后真希望自己刚才没对萨拉说那句假话。

"噢，"我说，"我现在在楼上吃午饭了。"

"您，太太，也是好久……"

"差不多有两年了。"萨拉用那种有时候让我感到恼恨的精确性回答道。

"不过我还记得，您喜欢叫一份大杯的拉格啤酒。"

"你记性真好，阿尔弗雷德。"看到萨拉还记得自己的名字，服务员开心地笑了。萨拉总有同服务员们搞好关系的诀窍。

端上来的饭菜打断了我们乏味的闲聊。一直到吃完饭以后，她才透露出一点来意。"我想要你同我一块儿吃午饭，"她说，"我想问问你亨利的事情。"

"亨利？"我重复道，尽量克制着，不让声音里流露出失望的语气。

"我为他感到担忧。那天晚上你觉得他怎么样？是不是有点反常？"

"我没注意到有什么不对头的地方啊。"我说。

"我想问问你——哦，我知道你很忙——你能不能有时候来看看他。我想他很孤独。"

"同你在一起？"

"你知道，他从来没有真正注意过我，多少年来都是这样。"

"或许他已经开始注意到你什么时候不在了。"

"我并不常出去，"她说，"现在。"一阵咳嗽袭来，来得正是时候，使她可以不用再说下去。尽管回避事实并不是她的习惯，但咳嗽过去后，她已经想出了新话题。"你在写新书吗？"她问道，口气就像是在与不认识的人——人们在鸡尾酒会上碰到的那种不认识的人——说话一样。就连第一次见面我们一起喝着南非雪利酒的时候，她也没问过这样的话。

"当然。"

"你的上一本书我不太喜欢。"

"那段日子里写东西就是一种挣扎——心思平静下来……"其实我还不如说"心思纷乱起来"。

"有时候，我害怕你又会钻到过去的想法里面出不来——我指我讨厌的那种想法。有的男人会这样。"

"写一本书得花上我一年时间，如果为了报复而写书，那可是太辛苦了。"

"如果你知道自己要去报复的东西有多么微不足道的话……"

"当然了，我是在开玩笑。我们在一起有过好时光。我们是成年人了，知道它总有一天会结束。你瞧，现在我们可以像朋友一样地见面，在一起谈论亨利了。"

我付了账，和她一同走出餐馆。沿街向前二十码，就是那个前面铺着阴沟盖的门道。我在人行道上停住脚步，说："我想你是去斯特兰大街吧？"

"不，去莱斯特广场。"

"我去斯特兰大街。"

她站在门道那儿，街上空荡荡的。"我就在这里同你说再见吧，见到你真高兴。"

"好吧。"

"有空随时给我打电话。"

我走近她身边——我能感觉到脚下的阴沟盖。"萨拉。"我说。她一下子掉开了头，仿佛在观望有没有人过来，是不是有时间似的……可是待转过头来后，她又爆发出一阵剧烈的咳嗽。她弓着腰站在门道上，咳了一阵又一阵，连眼睛都咳红了。她身上穿着皮大衣，看上去就像是一只被人堵住了去路的小动物。

"对不起。"

"得去看一下了。"我像自己被剥夺了什么东西似的恨恨地说。

"只不过是咳嗽罢了。"她伸出一只手说，"再见——莫里斯。"这名字听上去活像是句侮辱。我说了声"再见"，没握她的手便头也不回地匆匆走开了，装出一副忙得不得了、巴不得赶快离开的样子。当听到身后又响起咳嗽声时，我真希望能有本事哼出首喜气洋洋、带点冒险味道的小曲来，只可惜自己身上没有音乐细胞。

6

人年轻的时候会养成工作的习惯，并且自信这些习惯会保持一辈子，并经得起任何灾难的打击。二十几年来，我始终坚持每星期写作五天，每天平均写大约五百个字。我可以在一年里写出一部长篇小说，这里面还留出了用来修改和校对的时间。我总是十分有条不紊地工作；一旦完成了定额，哪怕刚刚写到某个场景的一半，我也会停下笔来。上午工作时，我会时不时数一数已经写好的字数，并且在稿纸上每两百个字做一个分隔记号。任何一家印刷厂都用不着根据排好的版面来仔细推算我作品的字数，因为我送交的打字稿首页上已经标好了字数——83,764字。年轻的时候，就连谈恋爱也改变不了我的工作日程。恋爱得在午饭后开始，晚上上床——只要是睡在自己的床上——无论多么晚，我也要把上午写的东西读一遍，睡觉时还想着它。就连战争都没影响到我。因为一条腿跛了，我没被征召入伍，而是参加了民防队。我从不要求值一般没什么事情的早班，这让同队队员们十分高兴，结果我得了个工作热心的虚名。其实我真正热心的只是我的书桌、我的稿纸以及那些按照定额井井有条地从我笔下缓缓流出的文字。要推翻我加诸自己的戒律，得靠萨拉才行。从战争开始第一天里的空袭，到一九四四年的V-1型飞弹①袭击，这段时间里的轰炸始终保持着晚上才来的习惯，这让我感到很方便。不过我往往只能在上午见到萨拉，因为下午的时候她总不大躲得开自己那些朋友，她们采购完了东西，总想在傍晚的空袭警报拉响前找个伴儿聊聊天。有时候，她会在两次排队买东西之间的当儿过来，于是我们便在买蔬菜和买肉的间歇里做爱。

不过，即便是在那样的情况下，收束心思重新开始工作也并不太难做到。人只要快乐，就经受得了任何纪律的约束：破坏工作习惯的是不快乐。待我意识到我们是多么频繁地争吵，我又是多么频繁地带着神经质的怒气找她碴儿的时候，我便开始明白，我们的爱情注定要完了：爱情已经变成了一桩有开始也有结束的风流韵事。我说得出它开始的那个时刻，后来，终于有那么一天，我知道自己也说得出那最后的时刻。她离开屋子以后，我无法安下心来工作：我会把我们对彼此说过的话在心里重温一遍，我会煽起自己心里的怒火或者悔恨。那段时间里，我始终很清楚的一点就是：自己正在加紧步伐把对方拖垮。自己正在一点、一点地把我唯一珍爱的东西推出自己的生活。只要能自欺欺人地相信爱情会维持下去，我就感到很快乐——我甚至认为我这个人很好相处，所以爱情才得以维系下来。不过如果爱情注定要毁灭

---

① 指二战期间纳粹德国所使用的巡航导弹，是德国使用的第一种"复仇武器"，因其使用脉冲喷气发动机，飞行中伴有嗡嗡声响，又称为"嗡嗡弹"。

的话，我倒很想让它快快毁灭，就好像我们的爱情是一只落入陷阱、身上流血快要死去的小动物一样：我得闭上眼睛，扭断它的脖子才行。

那一整段时间里我都无法工作。正如前面提到过的那样，小说家写作过程中有那么多的工作都是在无意识里进行的：在无意识的深处，当第一个字还未落纸时，最后一个字便已经写完了。故事的细节就在我们的记忆里，我们不必去杜撰。战争并没有搅乱那些深海洞穴里的东西，但是现在对我来说，有一件事情却比战争更重要，也比我的小说更重要——那就是爱情的终结。它就像一个故事一样，正在见出分晓。我说的话让她伤心落泪，那些似乎是如此自然而然地涌到我嘴边的尖刻话语，是在那些水下洞穴里给磨尖的。我的小说在掉队，而我的爱情却像倏然而逝的灵感一样迅速走向终结。

她不喜欢我写的前一本书，这倒并不令我感到奇怪。那本书的写作自始至终都违反我的本意，同时也未得到外来力量的帮助。之所以要写它，只不过是因为人总得活下去，并无什么别的原因。评论家说它是一部匠人之作：我身上残存的那点曾经是激情的东西悉数都在其中了。我想也许写下一部小说时，激情会重新再来；记忆里浮现出自己从未明确意识到的东西时，我们所感受到的那种激动会再次苏醒。然而和萨拉在鲁尔斯共进午餐后的一个星期里，我却什么工作也做不了。瞧，我的老毛病又犯了——我，我，我，就仿佛这是我的故事，而不是萨拉、亨利，当然，还有那第三者的故事似的。我恨那个第三者，尽管我还不知道他是谁，甚至于都不相信他真的存在。

我试着早上写作，但没能成功；午饭时我酒喝得太多，结果下午也浪费了。天黑以后，我关了灯站在窗口。隔着幽暗平坦的公共草坪，能看见草坪北侧那些亮着灯的窗户。天很冷，只有紧挨着煤气取暖炉才觉得暖和，但又有点烤得慌。南边的路灯后面飘过来一些雪花，用它们粗大潮湿的手指触碰着窗玻璃。我没听到有人按门铃。女房东敲开门对我说："有位帕基斯先生要见您。"她用"有位"这个词表明了来客的社会地位。我从没听说过这个名字，但还是让女房东带他进来。

我依稀觉得以前在哪儿见到过这对温和的、带着歉意的眼睛，还有这撇样式过时、因为外面天气的缘故而带着水汽的长长的小胡子。我刚把台灯打开，他便朝着灯光走过来，两只近视眼费力地张望着。我站在暗处，他看不清我。他问："您是本德里克斯先生吗？"

"是的。"

他说："我的名字叫帕基斯。"口气俨然像是那名字对我有什么意义似的。说完他又补充了一句，"是萨维奇先生的人，先生。"

"哦，对对。坐吧，抽支烟。"

"噢，不了，先生，"他说，"上班时不抽——当然啦，除非是为了打掩护。"

"不过现在你不在上班吧？"

"从某种意义上说是这样，先生。刚刚有人接替我半小时，使我能来向您汇报，先生。萨维奇先生说到过您喜欢的报告方式，每周一次——连同日常开支。"

"有东西要报告吗？"我说不清楚自己的感觉是失望还是兴奋。

"并非是一张一无所有的白纸，先生。"他颇为得意地答道，同时从衣袋里掏出一大叠纸张和信封，在里面寻找着他要的材料。

"请坐下来吧，你让我感到不自在了。"

"遵命，先生。"坐下后，他可以稍稍就近地看到我，"我以前没在什么地方见到过您吗，先生？"

我已经从信封里抽出了第一张纸：那是日常开支的账单，上面一笔一画写得很整齐，像是小学生的笔迹。我说："你的字写得很清楚。"

"那是我儿子写的。我正在训练他干这一行。"说完他又赶紧补充道，"我不为他记任何开支，先生，除非是在我让他负责事儿的时候，就像这会儿。"

"他现在在负责，是吗？"

"只是在我作汇报的时候。先生。"

"他多大了？"

"十二岁多了。"他说话的口气就仿佛自己的孩子是一具闹钟，"小家伙能派用场，除了偶尔给他买本连环漫画啊什么的，用不着什么花费。没人会注意他，男孩子天生喜欢在外面溜达。"

"这工作让孩子来做似乎有点奇怪。"

"这个——先生，是这样，他并不真的明白自己在做什么。如果需要闯人家卧室的话，我是不会带他去的。"

我开始读账单：

1月18日	晚报两份	2便士
	地铁返程票	1先令8便士
	咖啡，冈特斯店里	2先令

我读的时候，他仔细地看着我。"喝咖啡的地方比我通常乐意去的地方价钱要贵，"他说，"不过为了不引起注意，这是我能要到的最便宜的东西了。"

1月19日	地铁车票	2先令4便士
	瓶装啤酒	3先令
	鸡尾酒	2先令6便士
	一品脱①装苦啤酒	1先令6便士

他再次打断我说："啤酒的账有点抱歉，先生，因为我不小心打翻了一只酒杯。但那是因为有事要报告，我有点着急。您知道，先生，有时候一连好几个星期都很叫人失望，可这回第二天就……"

---

① 品脱，容量单位，英制一品脱约等于0.568升。

我当然记得他，还有他那局促不安的男孩。我看到一月十九日栏下（一月十八日栏下一眼就能看出只记了点无关紧要的事情）记着："当事人乘公共汽车去皮卡迪利广场。她似乎有点激动不安。她沿着艾尔街向北，走到家咖啡馆，一位先生正在那儿等她。我和儿子……"

他依旧不肯让我自己好好看完。"您会注意到，先生，这些内容是用不同的笔迹写的。我从来不让儿子写报告，怕里面万一会涉及什么男女关系方面的事情。"

"你很爱护他。"我说。

"我和儿子坐在靠近他们的一张沙发上。"我继续往下读，"当事人同那位先生显然十分亲密，相互间不拘礼节，很是亲切。而且我想他们一度曾在桌子下面拉过手。这一点我不能肯定，但是当时当事人的左手看不见，而那位先生的右手也看不见。在一般情况下，这都表明有着那种性质的紧密接触。在一阵短促而亲密的交谈之后，他们步行到了一家被顾客们称为'鲁尔斯'的僻静餐馆。他们选了沙发座而不是餐桌坐下，点了两块猪排。"

"猪排很重要吗？"

"猪排可以成为辨认他们身份的标志，先生，如果他们频繁享用它的话。"

"那么你没有辨认出那个男人的身份啰。"

"您往下看就会知道的，先生。"

"在观察他们点猪排的过程中，我在吧台上喝了杯鸡尾酒，不过没办法从哪位服务员或者吧台后面的女士嘴里打听出那位先生的身份。虽然我提问时用的是含糊其词、随随便便的口气，但显然还是引起了他们的好奇心，我觉得自己最好离开。不过我同轻歌剧剧院后门的门房拉上了关系，通过他可以监视那家餐馆。"

我问："你是怎么拉上关系的？"

"在'贝德福啤酒沫'酒馆的吧台上，先生。当时，我看到两位当事人正在忙着点猪排，不会有什么事情的。过后我又陪那个门房回到剧场。剧场的门……"

"那地方我知道。"

"我已尽量把报告压缩到只包括绝对必要的东西。"

"非常正确。"

报告下面写道："吃完午饭后，两位当事人沿着仕女巷一道北行，在一家食品杂货店门口分了手。我有一种印象，觉得他们正为某种强烈的感情所困扰。我想他们或许会就此永远分手。就此项调查而言，这倒是个皆大欢喜的结局，如果我可以这么说的话。"

他又一次急不可耐地打断了我的阅读。"您能原谅此处的个人色彩吧？"

"当然。"

"虽然是干这一行的，先生，有时候我们还是会发现自己动感情，我喜欢那位女士——也就是当事人。"

"在跟踪那位先生还是跟踪当事人这点上我有些犹豫，不过最后还是断定：给我的指示里是不会包括对前一种做法的许可的。所以我跟踪了后者。她朝查令十字街方向走了一小段，外表看上去激动不安。随后她拐进了国家肖像美术馆，但在里面只待了几分钟……"

"还有什么重要情况吗？"

"没有了，先生。我想她其实只是要找个地方坐坐，因为她接着走进了一座教堂。"

"教堂？"

"一座天主教堂，先生，在仕女巷里。您准能在那儿找到它。不过她不是去祈祷，先生，只是为了坐坐。"

"你连这个都知道？"

"我自然也跟着她走了进去。我跪在她身后几排远的地方，装作在虔诚地礼拜。我可以向您保证，先生，她没有祈祷。她不是天主教徒，对吗，先生？"

"对。"

"她只是想在光线幽暗的地方坐一坐，先生，好让心情平静下来。"

"或许她是要见什么人？"

"不，先生。她只待了三分钟，也没同任何人说话。您要是问我的话，我该说她想痛哭一场。"

"有可能。不过握手的事情你弄错了，帕基斯先生。"

"握手的事情，先生？"

我挪动了一下位置，好让灯光把我的脸照全。

“我俩的手连碰都没碰一下。”

我的玩笑既然开成功了，便开始觉得很对不住他——我为自己惊吓一个原本胆子就小的人、让他更加惶恐不安的行为感到惭愧。他微微张开嘴望着我，样子就像是刚刚意外地被人猛击了一下，此刻正呆若木鸡地等待着挨第二下似的。我说：“我想这种疏漏是常有的事，帕基斯先生。萨维奇先生本该介绍我们两人相互认识一下的。”

“噢，不，先生，”他难过地说，“这该怪我。”说完他便低了头坐着，两眼直盯着自己放在膝盖上的帽子。“没什么大不了的，”我试图安慰他，“从局外人的角度看，这事其实挺滑稽。”

“可我是身在其中啊，先生。”他捻动着帽子，用同屋外的草坪一样沉闷单调的声音继续说道，“我在乎的倒不是萨维奇先生，在我们这个行当里，他算是个宽宏大量的人——我在乎的是我儿子，先生。他开始时可是觉得我很了不起的。”他十分难过，但还是强忍着，脸上挤出一丝带有懊悔和惊慌的微笑，“您知道他们平常看些什么书，先生，都是些尼克·卡特[①]之类的东西。”

“干吗要让他知道这件事情呢？”

“对孩子你得说实话，先生，他肯定会问的。他会想知道我是怎么跟踪人的——眼下他学的就是这个：跟踪。”

---

① 尼克·卡特（Nick Cater），19世纪时美国一套通俗小说中的侦探，首次出现于1886年的《纽约故事周报》。

"你就告诉他说，你已经弄清了那个男人的身份——仅此而已，但你对他并不感兴趣，这样不行吗？"

"谢谢您的建议，先生，不过这事您得全面地考虑。并不是说我对自己的孩子都不愿意这么做，只是万一在调查过程中他碰上了您，那他会怎么想呢？"

"未必会出现这种情况。"

"但这样的事很有可能发生，先生。"

"那这次你为何不把他留在家里呢？"

"那样只会让事情更糟，先生。他没妈，眼下学校又在放假，而我的一贯做法是在假期里教育他——萨维奇先生完全同意我这么做。不，这回我是出了洋相，我得正视这点。但愿他不这么认真就好了，先生。不过我出错时他确实是会不好受的。有一天，普伦蒂斯先生——他是萨维奇先生的助手，是个很严厉的人——说：'你又出了个错，帕基斯。'这话让孩子听到了，第一次让他知道了我会出错这件事。"他带着十分坚决的神情（我们有什么资格去估量别人的勇气呢？）站起身来说，"我老跟您说自己的问题，耽误您时间了，先生。"

"我很乐意听，帕基斯先生。"我不带嘲讽口气地说，"别担心，你的孩子一定会效仿你的。"

"他脑袋瓜像他妈，先生。"他悲哀地说，"我得赶紧走了。外面很冷，不过我离开前给他找了个挡风躲雨的好地方。可他热情太高，我不相信他会老老实实待在那儿不让雨淋着。您要是批准这些开支的话，能不能先在上面签个字，先生？"

我隔窗望着他身披领子翻上去的雨衣，头戴帽檐耷拉下来的帽子的背影。雪下大了，他走到第三盏路灯那儿时，身形已经变得像是一个露出里面泥胎颜色的小雪人。我突然惊奇地意识到：有这么十分钟光景，我没去想萨拉或者自己的嫉妒；我变得差不多像是一个人一样，能够去想另外一个人的苦恼了。

7

　　嫉妒只和欲望并存（或者说我一向认为嫉妒与欲望并存）。
《旧约全书》的作者们喜用"嫉妒的神①"之类的字眼，或许这是
他们用以表达自己对天主爱人这一点信念的一种拐弯抹角、不甚
确切的方式。不过我猜想，人的欲望各种各样。我现在的欲望近
于恨甚乎近于爱。根据萨拉一度对我说过的话，我有理由相信：
亨利早就不再对她有身体上的欲望了。但是我想在那段日子里，
他也同我一样地心怀妒意。他的欲望只不过是要有人陪伴，但那
时候他第一次感觉到了自己已被排除在萨拉信赖的对象之外。他
忧心忡忡、沮丧失望——不知道发生了什么事情，或者将要发生
什么事情。他生活在一种可怕的不安全感之中。在这一点上，他
的处境比我要糟。我有那种因为一无所有所以才拥有的安全感。
我能够拥有的并不比我已经失去的更多，而他依然还拥有她在餐
桌上的存在、她的脚上下楼梯的声音、她的开门和关门，还有她
在他脸颊上的亲吻——除了这些以外，我不相信他还拥有多少别

---

① A Jealous God，多译作"忌邪的神"，用以警示人不可信仰除上帝以
外的神和塑像。译者在这里根据上下文采用嫉妒之意。——编者注

的东西。然而，对于一个饥饿的人来说，这些东西就已经多得让人消受不了了。使事情显得更为糟糕的或许是：他曾经享有我本人从未有过的那种安全感。帕基斯先生穿过公共草坪回去的时候，甚至连萨拉同我一度是情人这点都不知道。在写下"情人"这个字眼时，我的思绪不由自主、抑制不住地又回到了痛苦开始的那一刻。

在仕女巷那次笨手笨脚的接吻之后，过了整整一周我才再给萨拉打电话。那回吃饭时，她提到亨利不喜欢看电影，所以她也很少去。华纳影院这会儿正上演一部根据我的小说改编的电影，所以部分是为了"炫耀"，部分是因为感到为礼貌起见，那次接吻总该有某种下文，部分也是因为自己对一个公务员的婚姻生活仍然抱有兴趣，我请萨拉一块儿去看那部电影。"我想用不着问亨利去不去了吧？"

"根本不用。"她说。

"过后他可以同我们一块吃饭？"

"他带回家来一大堆工作。自由党的一个可怜虫下星期要在议会里提出一个有关失去丈夫的妇女们的问题。"所以那天晚上，可以说是那个自由党人——我相信他是个威尔士人，名叫刘易斯——为我们两人铺了床。

电影拍得不好，看到那些对我来说是如此真实的场面被歪七扭八地演绎成银幕上的那些陈腐老套，我心里时时感到不是滋味，真恨不得去同萨拉看的是些别的东西。开始时我对她说"你知道，这段不是我写的"，但我不能老这么说。她用手碰碰我表示谅解。从那会儿起，我们就一直像孩子和情人们那样两手无邪地交织在一起坐着。只有那么几分钟的时间里，影片突然出人预料地有了活气。我忘记了银幕上讲的是我的故事，影片中的对话曾经是我说过的话，而且真的被出现在某家廉价餐馆里的一个小小场景打动了。在那场戏里，情人点了牛排和洋葱，他的女友吃洋葱时犹豫了一下，因为她丈夫不喜欢洋葱的味道。情人感到伤心和气恼，因为他意识到了女友犹豫背后的原因是什么，想到了女友回到自己家中后那不可避免的拥抱。这场戏很成功：我想不借助于任何表面的言辞或行动，而只通过一个平凡而简单的细节来传递热恋的感受，这个细节很奏效。有那么几秒钟的时间里，我感到很高兴——这才叫写作呢，世上任何其他的东西我都不感兴趣。我想回家去把这幕场景再读一遍；我想写点新东西，我希望，我是多么希望刚才没请萨拉·迈尔斯出来吃饭啊。

后来我们重新回到鲁尔斯餐馆。人家给我们端来了牛排。她说："电影里确实有一个你写到过的场景。"

"关于洋葱那一幕吗？"

"对。"

不迟也不早，就在此刻，一盘洋葱端到了我们桌上。我问她（那天晚上我连想都没想过要她）："亨利忌讳洋葱吗？"

"是的，他受不了。你喜欢洋葱吗？"

"喜欢。"

她帮我舀了点洋葱，然后又给自己舀了一点。

因为一盘洋葱而爱上一个人，这可能吗？似乎不太可能，然而我可以发誓，我就是在那一刻坠入情网的。当然，那并不简单地是因为洋葱——而是因为突然产生的那种感觉：觉得她是一个作为个体而存在的女人，觉得她很坦率，这种坦率后来曾如此频繁地让我感到快乐和难过。我把手伸到台布下边，放在她膝盖上。她也把手伸下来按住我的手。我说："牛排不错。"随后便像听一首诗似的听到了她的应答："这是我吃过的最好的牛排。"

没有追求，也没有引诱。我们把一半上好的牛排剩在了盘子里，一瓶波尔图干红葡萄酒也只喝了三分之二，便心里怀着同样的愿望，离开了餐馆，走到仕女巷里。就在上次分手的地方，在那个前面有阴沟盖的门道上，我们接了吻。我说："我坠入情网了。"

"我也是。"

"我们不能回家。"

"不能。"

我们在查令十字车站旁拦住一辆出租车，我吩咐司机带我们去阿巴克尔①林荫道——那是出租车司机们自己给东河街起的名字，那条街上靠帕丁顿车站的一侧一溜儿全是些起着时髦店名的旅馆，像"里茨""卡尔顿"什么的。这些旅馆的门总是开着，一天当中无论什么时候你都可以在那里租到一间房间，在里面待上一两个小时。一周前，我重新去那条街上看过。街的一半已经没有了——旅馆所在的那一侧已被炸成了碎片。那晚我们做爱的

---

① Arbuckle，在西方俚语中形容极性感的女性。——编者注

地方只剩下了一片空气，但它曾经是"布里斯托尔"旅馆。大厅里养着一盆蕨类植物，一个蓄着青灰色头发的女主管把我们带进旅馆里最好的房间：那是一间地道的爱德华国王时代风格的屋子，里面有宽大的镀金双人床、红色天鹅绒窗帘和大穿衣镜（上阿巴克尔林荫道来的人从不需要两张单人床）。我对当时的一些琐事记得很清楚：女主管问我们要不要在那里过夜；短时逗留的房费是15先令；电表只接受整先令的硬币，而我俩谁也没有整先令的硬币。不过，除此以外的事情我就记不真切了——比如萨拉第一次看上去时的样子，或者我们都做了些什么，这些都记不清了，只记得我们两人都很紧张，做爱做得很糟糕。但那没有关系，我们已经开始了——这点才是重要的。那时候，在我们的前面有整整一个人生可以期盼。噢，对了，还有一件事情我始终记得，那就是在我们的房间（半小时后它成了"我们的房间"）的门口，当我再次吻她，并说自己很不乐意想到她要回到亨利身边去的时候，她说："别担心，他在忙着那些失去丈夫的妇女们的事儿呢。"

"我甚至讨厌想到他会吻你。"我说。

"他不会的，没有什么东西比洋葱更让他不喜欢的了。"

我送她回公共草坪那一头的家。亨利书房的门下面露着灯光，我俩上了楼。在起居室里，我们难舍难分地相拥着。"他会上楼来的，"我说，"随时都会。"

"我们能听到他的动静，"她说，同时又用让人惊骇的冷静态度补充了一句，"有节楼梯总会吱吱嘎嘎作响。"

我的外套还没来得及脱掉。我们相互亲吻着，而与此同时，楼梯上传来了吱吱嘎嘎的响声。我悲哀地注视着萨拉镇定的面孔，这时候亨利进来了。她说："我们正指望你上楼来给我们送点喝的呢。"

　　亨利说："当然可以，你喝点什么，本德里克斯？"我说："不喝了，我有活儿要干。"

　　"我记得你说过夜里从来不干活的。"

　　"噢，这事不算，是篇书评。"

　　"书有趣吗？"

　　"不太有趣。"

　　"我要是有你这种凡事拿得起、放得下的本事就好了。"

　　萨拉送我到门口，我们再次接了吻。那会儿我不喜欢的是亨利，而不是萨拉。当时的感觉仿佛是：所有过去的男人和所有未来的男人都把他们的影子投到了现在。"怎么啦？"她问我。她总是能够很快读出一个吻后面的含义以及你脑袋里的窃窃私语。

　　"没什么，"我说，"早上我给你打电话。"

　　"我给你打好些。"她对我说。谨慎，我心想，真是谨慎。她对如何处理这样的关系是多么在行啊，我又想起了总会吱吱嘎嘎作响的楼梯——她用的字眼是"总会"。

第二部

1

　　不快乐的感觉要比快乐的感觉容易表达得多。在痛苦之中，我们似乎会觉察到自己的存在，虽然这种存在的表现形式是一种畸形的自我中心主义：我的这种痛苦是个人的痛苦，那抽搐的神经是我的神经，而不是别的什么人的神经。但是快乐却会将我们消灭，令我们丧失自己。圣徒们曾用表达人类爱情的言辞来描绘他们心中的天主，所以我想，爱慕一个女人的至情也不妨用祈祷和沉思冥想来诠解。在爱情中，我们同样会放弃记忆、理解力和智慧，同样会经历被剥夺的感觉，经历"漫漫长夜"，而作为回报，有时也会得到一份安宁。爱情的发生有如小小的死亡，恋爱中的人有时也会得享一点小小的安宁。说这样的话就好像我对自己实际上很憎恶的事情颇为欣赏似的，我对自己写下这些话来感到有点奇怪。有时候我会辨认不出自己的思想。我对于"漫漫长夜"之类的说法，对于那些只有一个祈愿的祈愿者，究竟又了解多少？我只不过是从什么地方接过了自己的那些思想，仅此而已，就好比丈夫从死神手里接过一个女人的衣物，香水和粉霜一样……然而这种安宁当时却真的有过。

对于战争开始后的最初几个月，我的记忆便是如此——那段日子是否是一段虚假的安宁，就像它是一场虚假的战争一样？现在看来，在那充满疑惑和等待的几个月里，安宁似乎始终舒展着它那双给人安慰、使人宽心的臂膀。不过我想，即便是在那个时候，安宁也一定时时被误解和怀疑打断。那最初的一个晚上结束后回家的时候，我并未感到心旷神怡，心里有的只是一种悲哀和无可奈何的感觉。以后的日子也同那天晚上一样。当我一次又一次回家去的时候，心里总觉得自己肯定只是许多男人当中的一个——只是一个眼下正在受宠的情人而已。我对这个女人的痴迷已到了如此地步，以至于夜里只要一醒过来，便会发现自己的头脑马上被她所占据，再也不想睡了。这个女人似乎把自己所有的时间都给了我，但我依然不放心：在爱的行动中，我可以傲慢自大，但一人独处时，我只要照照镜子，就会在自己面带皱纹、一瘸一拐的形象中看到怀疑——为什么会是我呢？平时总有一些我们不能见面的时候——她要去看牙医或者做头发，亨利请人吃饭，或者他们两人独自待着。亨利在忙着给失去丈夫的妇女们发放抚恤金的事儿，或者（因为他很快就被调离了那项工作）在忙着分配防毒面具，设计得到认可的纸板箱。我可以对自己说，萨拉在家里是没有机会背叛我的（出于情人们自我中心的心态，我已经在使用"背叛"这个暗示着某种并不存在的义务的字眼了），但这没什么用，因为我还不清楚吗？只要有欲望，即使是在最危险的环境里也有可能偷情。一个情人越是得手，心里也就越不放心。结果不就是吗，就在我们第二次见面时，我本该说是不可能发生的事情就发生了。

醒来以后，我心头依然萦绕着分开时她所说的那句透着谨慎的话带给我的悲哀。醒后不到三分钟，她打来了电话，我的悲哀便被她的声音赶走了。无论是在那以前，还是以后，我都不知道哪个女人有这种本事：她只要在电话上讲讲话，就能改变我的整个心境；而当她走进屋子，把手放在我腰上时，就能马上创造出每次分离后我对她失去的绝对信任。

"喂，"她说，"你在睡觉吗？"

"没睡。什么时候能见到你？今天上午？"

"亨利感冒了。他待在家里。"

"你要是能上这儿来就好了……"

"我得待在家里接电话。"

"就因为他感冒了吗？"

前一天晚上，我对亨利的感觉还是友情加同情，可此刻他却已变成了一个该受嘲弄、该遭怨恨和贬损的敌人。

"他的嗓子全哑了。"

听到他会得这种荒唐毛病，我感到幸灾乐祸：一个失声的公务员用沙哑的、让人没法听清楚的声音咕哝咕哝地说着关于失去丈夫的妇女们的抚恤金的事情。我说："没有什么办法能见到你吗？"

"办法当然有。"

电话里有一阵没有声响，我以为线路断了，便连连唤道：

"喂，喂。"其实她只是在细心、镇定、快速地思考，以便马上能给我一个正确的回答而已。"一点钟时，我要给亨利往床上送个餐盘。我们自己可以在起居室里吃三明治。我会对他说你想聊聊电影——或者你写的那个故事。"她的电话一挂上，我的信任感也中断了。我想：在此之前她曾经这样谋划过多少回了？走到她家门口按门铃时，我觉得自己就像个敌人——或者侦探，正在监视她的言语，就像几年后帕基斯先生和他的儿子要监视她的行踪一般。随后，房门打开，我的信任又回来了。

在那些日子里，从来不存在谁要谁的问题——我们两人都有欲望。亨利穿着他那件绿色呢子睡衣，靠着床上的两个枕头吃餐盘里的东西，而在楼下，在虚掩着门的房间里，我们在只铺着一张垫子的硬木地板上做着爱。在高潮到来的那一刻，我得用手轻轻捂住她的嘴，堵住她口里发出的那种忘情的、既悲哀又愤怒的奇怪喊声，以免楼上的亨利听到。

想想看吧，当初我的打算不过是想掏出她脑子里可供我利用的素材而已。我蹲在她身边的地板上，对她看了又看，好像可能再也看不到她了似的——她那一头偏棕色、说不清楚色泽的头发像一坛醇酒般洒在镶木地板上；她额头上沁着汗珠，气喘吁吁，就像一个刚刚跑赢一场比赛，正筋疲力竭地躺在那儿的年轻运动员。

这时候，楼梯吱嘎响了一声。有一会儿我们两人都没动弹。桌上的三明治叠在那儿没吃，杯子里面也是空的。她低声说："他下楼来了。"她坐进一把椅子，把一张盘子放到膝上，一只杯子放在身边。

"他要是从门外经过时听到了怎么办？"我说。

"他不会知道是怎么回事的。"

我脸上看起来一定是一副不太相信的表情，因为她用一种让人讨厌的温柔口气说道："可怜的亨利，他以前可从没这样——整整十年都没有过。"但不管有还是没有，此刻我们对自己会不会露馅儿这点确实不太有把握：我们坐在那儿一声不响地听着，直到楼梯上再次传来吱吱嘎嘎的响声为止。我用大得有点过分的嗓门说："你喜欢洋葱那场戏我真高兴。"我自觉自己的声音听上去沙哑而虚假。这时亨利推开了门，向屋里张望着。他手里提着一只热水瓶，热水瓶上裹着灰色法兰绒的套子。"你好，本德里克斯。"他咕哝着打了个招呼。

"你真不该自己去拿。"她说。

"不想打扰你们。"

"我们在聊昨晚的电影。"

"希望你已经得到自己想要的一切。"他对我咕哝了一声。他看了看萨拉为我倒的波尔图干红葡萄酒，含混不清地说了句"该给他二九年的陈酿才对"，然后就提着热水瓶上的法兰绒套子，不声不响地出去了。屋里又只剩下了我和萨拉两人。

"你不在意吧？"我问她。她摇了摇头。我问此话到底何意，其实我自己也不知道——我想当时自己脑中闪过的念头是：看到亨利也许会让她感到自责，但她却有着消除自责的绝招。同我们大家不一样的一点是：她丝毫不会受到罪孽感的困扰。在她看来，事情做了就是做了：事情做完了，自责也就不存在了。如果亨利捉住我们的话，她会认为他恼怒一下就该完事；若是恼怒的时间过于长久，那就没有道理。人们总是说：天主教徒忏悔时，便从过去的阴影里解脱出来了——就这点而言，你确实可以说她是一个天生的天主教徒，尽管她同我一样不怎么相信天主，或者说当初我认为，今天也依然怀疑她同我一样不怎么相信天主。

　　如果我的这本书没有平铺直叙地往下写，那是因为我在一个奇怪的区域里迷失了方向：我没有地图。有时候我自忖：自己在这儿写下的文字里，到底有没有什么东西是真实的。那天下午，她突然不问自答地对我说："我从来没有像爱你一样地爱过任何人或者任何东西。"当时我感到自己是如此彻彻底底地信任她。她手里拿着一块吃了一半的三明治，坐在椅子上，看上去就像五分钟前躺在硬木地板上时那样忘情。我们大部分人对于说这么绝对的话都会感到踌躇——我们记得过去，我们可以预料将来，我们会怀疑，而她不怀疑。对她来说，唯一重要的只是此时此刻。照她的说法，永恒不是时间的延续，而是根本没有时间。有时候，我觉得她的忘情触及了数学上所定义的那种没有边界、没有宽度、不占空间的奇异的点。时间算得了什么呢——所有过去的日子、所有她在一段又一段时间里结识过的别的男人（这个词又用上了），或者所有未来的时日（她会在那些时日里用同样真诚的口吻说这同一句话），这些都算得了什么呢？当我回答她，说我也以同样的方式爱她时，撒谎的人是我，而不是她，因为我从来就没有失去对时间的意识：对我来说，现在从来也不在这里，它总是在去年或者在下一个星期。

甚至当她说"没有别人，再也不会有了"的时候，她也并未撒谎。时间中有矛盾，有并非存在于数学之点上的矛盾，仅此而已。她爱的能力比我要强出如此之多——对于此事，我这会儿无法就此打住，我无法忘却，我无法不害怕。即便是在爱的时刻，我也像警察似的搜集着还未犯下的罪行的证据。七年多后，当我拆开帕基斯先生的信时，这些证据依旧全都保存在我的记忆里，使我心头的怨恨有增无减。

2

　　"亲爱的先生，"信上写道，"我很高兴能向您报告我和儿子同17号的保姆进行了友好的接触，这使得调查能以更快的速度进行，因为有时候我能看上一眼当事人的约见记录本，从而得知她的行踪去向，同时还能每天检查一下当事人所用的字纸篓。我随信附上一件从字纸篓里搜捡出的有趣物证，看后请寄还并说明意见。当事人还记有日记，其中的一本已记了多年，但到目前为止，保姆（为使事情更加稳妥起见，今后我将称其为我的朋友）尚未能接触到此日记，原因为当事人将上述物件上了锁保存。此情况或属可疑，或属不可疑。除随信附上的重要物证之外，当事人似乎还将大量时间花费在不按约见簿上的安排赴约之上。必须将约见簿视为一种障眼物，尽管在此类调查中，为各当事人方利益计，必须做到事实准确，我个人并无意抱持某种贬损之见或偏见。"

　　伤害我们的并不仅仅是悲剧：荒唐事也会伤人。它们身上佩着外观可笑、不登大雅之堂的伤人利器。有时候，我真恨不得把帕基斯先生那些东拉西扯、缺乏效率的报告当着他儿子的面塞进他本人嘴里。事情看起来似乎成了这样：我在试图为萨拉设圈套（但这样做的目的究竟何在？是为了伤害亨利，还是伤害我自己？）的时候，让一个小丑翻着筋斗闯到了我俩的亲密关系之间。就连"亲密关系"这个词本身都沾着点帕基斯先生报告的味儿。有一回他不是这么写过吗："虽然我没有在雪松路16号找到发生过亲密关系的直接证据，但当事人确实表现出了欺骗的企图。"不过那是后话了。从眼前他的这份报告里，我只是获悉：有那么两次，萨拉在约见记录本上写了去看牙医和找裁缝，但如果说牙医和裁缝都确有其人的话，她可是并没在自己写下的约见时间里露面；她躲开了追踪。帕基斯先生那差劲的报告用细细的韦弗利手体字和紫色墨水写在廉价的便笺纸上。我翻到报告的反面，便看到了萨拉自己那粗大、整洁的字迹。我没料到过了将近两年之后，自己还能认出它来。

那只是一张用针别在报告反面的纸片，上面用红铅笔标了一个大大的"A"字。在"A"字下面，帕基斯先生写着："鉴于可能发生的法律诉讼，所有书面证据均应送还归档。"纸片是从字纸篓里抢出来的，又被人像情人那么小心地用手给抚平了。它一定是写给哪位情人的："我不必给你写信或者对你说话，在我能把话说出以前，你已经无所不知了。不过人在爱的时候，会觉得有必要采用自己一直在用的老办法。我知道自己是刚刚开始在爱，但我已经想弃绝除你之外的任何东西、任何人了。只是恐惧和习惯在阻碍着我。亲爱的……"下面就什么也没有了。纸片放肆地瞪着我。我不禁想到：她曾经写给我的那些短笺上的每一行字怎么都叫我给忘了？如果那些纸条也是这么彻底地表白出她的爱情的话，我不是就会把它们都保存下来了吗？在那些日子里，为了怕我保存，她不总是——用她自己的话说——"用字里行间另有意味的方式"给我写信的吗？可这场最新的恋爱却挣破了"字里行间"的牢笼。它可不肯被关在字里行间，让人见不着呢。我确确实实还记得我俩之间用过的一个密语——"洋葱"。在彼此的往来书信中，我们用这个词来谨慎地表示自己的热恋。爱情变成了"洋葱"，就连爱的行为本身也变成了"洋葱"。"我已经想弃绝除你之外的任何东西、任何人了。"我气恨恨地想到了洋葱——我们好的时候，信里写的可是洋葱。

我在纸片下端写上"没有意见"，然后把它装进一个信封，在信封上写上帕基斯先生的地址。可夜里醒来时，我还是能在脑海里把整个事件给自己重演一遍。"弃绝"这个字眼以许多具体的形象呈现出来。我躺在那里无法再入眠，记忆中的一个又一个片断用嫉恨和欲望刺痛着我：她的头发扇子般展开、洒在镶木地板上，吱吱嘎嘎作响的楼梯，还有在乡间度过的某一天。那天，我们躺在公路边上一条看不到路面的明沟里。在坚硬的土地上，她的发缕之间，我可以看到霜粒在闪光。在高潮那一刻到来时，一辆拖拉机"突突"响着从我们身旁驶过，拖拉机上的人头也没回就开过去了。为什么嫉恨消灭不了欲望呢？为了能够好好睡觉，我什么都愿意放弃。如果那时我相信有可能找到一种东西来替代欲望的话，那我会变得像一个学生那么乖的。我曾一度试着为欲望寻找一个替代品，可是却行不通。

我是一个爱嫉妒的人——这部小说是一篇关于嫉妒（对亨利的嫉妒，对萨拉的嫉妒，以及对被帕基斯先生笨拙地追踪着的那另外一位的嫉妒）的漫长记录，我想在这样一部东西里还要写"我是一个爱嫉妒的人"这样的字眼，似乎有点愚蠢。既然现在所有这些都已成过往，那么我也只是在记忆变得特别鲜明生动时才会感到对亨利的嫉妒（因为我发誓，如果我同萨拉结婚的话，以她的忠诚和我的欲望，我们是可以幸福一辈子的），但是我对自己那位对手的嫉妒却依然存在，"对手"是个夸张的字眼，它并不能恰如其分地表达出（这点令人苦恼）那个人总是享有的那种让人难以忍受的自得、自信和成功。有时候我想，他甚至都不会承认我是整个事情的一部分，我有一种想让人注意到我的强烈欲望，我要在那个人耳边大吼一声："你不能无视我，我在这里。不管后来发生了什么，当时萨拉是爱我的。"

萨拉和我曾就嫉妒这个问题做过长时间的争论。我甚至于嫉妒她的过去，那些过去的事是她在谈话中提及时坦率告诉我的——都是些风流韵事，完全没有什么意义（也许想找到那终极抽搐的无意识欲望除外——令人惋惜的是，亨利始终未能在她身上引发那种抽搐）。她像忠于亨利一样忠于自己的情人，这点本来应该给我以安慰（因为她无疑也会忠于我），然而它却让我感到愤怒。有一段时间里，她老是嘲笑我的愤怒，就是不肯相信我是当真的，就像她不肯相信自己的美丽一样。她不肯嫉妒我的过去或者我可能会有的将来，这一点也同样令我愤怒。我拒绝相信爱情可以用我自己以外的任何其他方式加以表现：我用自己嫉妒的程度来测量爱情的深浅。用这个标准去看，当然她就根本不可能爱我了。

我们的争论总是以同样的方式进行，这里我只想说说其中特别的一次，因为那次争论是以行动告终的——那是一个很愚蠢的行动，没有产生任何结果，只是最终导致了每次我动笔写作时都会产生的那种疑惑，那就是觉得归根到底也许还是她对了而我错了。

我记得自己怒气冲冲地说："这只不过是你过去性冷淡的后遗症而已。性冷淡的女人从来也不会嫉妒，你根本就是缺少普通人的感情。七情六欲这一课你还没补上呢！"

让我感到恼火的是，她并未作任何声辩。"也许你说得对。我只是说，我想要你快乐。我不喜欢你不高兴。只要你能让自己快乐，不管你做什么我都不介意。"

"你只不过想找个借口罢了。如果我能同别人睡觉的话，你就会觉得自己也可以这样做——任何时候都可以。"

"这根本不相干。我想要你快乐，仅此而已。"

"如果我同别的女人睡觉的话，你会为我铺床吗？"

"也许会的。"

不安全感是情人们会有的最糟糕的感觉：有时候，最为平凡单调、寡情少欲的婚姻似乎都比它好些。不安全感会歪曲事物的意义，毒害彼此间的信任。在一个受到重重包围的城市里，每一个哨兵都是一个潜在的背叛者。甚至在有帕基斯先生之前的日子里，我就已在试图查验萨拉所说的话是真是假了：我会拆穿她那些小小的谎言，那些除了表明她害怕我以外没有任何别的意义的逃避手段。我把每个谎言都放大成背叛，就是在最直白不过的话里，我也要读出些隐含的意思来。因为一想到她哪怕是碰碰另外一个男人这点自己心里就受不了，我便每时每刻担心这样的事情会发生。在她最随意的手势里，我也能看到同别人亲热的征象。

"你难道不想让我快乐，而不是让我难过吗？"她以令人难以忍受的逻辑性这样问我。

"我宁愿自己死掉或者看到你死掉，"我说，"也不愿看到你和别的男人在一起。我并不是怪人，凡人的爱情就是这个样子，你随便去问谁好了。他们说的话会全一样——如果他们真的恋爱过的话。"我用嘲弄的口吻告诉她说，"每一个恋爱的人都是嫉妒的。"

当时我们正待在我的房间里，我们是在一天之中比较保险的时候，一个暮春的下午来到这里，以便做爱的。这一次我们破天荒地有好几个小时时间，所以我就把它们都浪费在争吵上，而弄得无爱可做了。她在床边上坐下来，说："对不起，我没想惹你生气。我希望你是对的。"但我依然不肯罢休。我恨她，因为我希望能觉得她不爱我：我想把她从心头赶出去。现在想起来，我又到底不满意她什么呢？她爱不爱我吗？她忠诚于我将近一年，她给了我许许多多的快乐，她忍受了我的喜怒无常，而我除了片刻的欢娱之外，又给了她什么回报呢？我是睁着眼睛走进这场恋爱的，我知道它终有一天会结束，然而，当不安全的感觉和相信未来没有希望这一合乎逻辑的想法宛如忧郁症一般突然降临心头时，我还是会一而再，再而三地折磨她，就好像我要把未来这位提前到来的不受欢迎的客人拉到今天来一样。我的爱情和恐惧扮演了类似于良心的角色。即便当时我们相信世上有罪孽这回事，我们的行为也几乎不会有何两样。

"你会嫉妒亨利的。"我说。

"不，不会的，这很荒唐。"

"如果你看到自己的婚姻受到威胁的话……"

"永远不会。"她令人讨厌地说道。我把她的话看作是一种侮辱，所以便头也不回地走出屋子，下楼来到街上。我心下寻思：我是在自己演戏给自己看——这是不是说明我们的关系已经到头了？没有任何必要回去。如果我把她从我的心里赶出去后，难道就不能在什么地方找到平静和好的婚姻，并一直持续下去吗？那时也许我就不会感到嫉妒了，因为我的爱不会够分量的：那样我就会有安全感了。我就像没人看管的白痴一样，一边自哀自怜、一边怒气冲天地走过暮色正在降临的公共草坪。

在本书的开头，我说过这是一个关于恨的故事，但是现在我却不相信这一点。或许我的恨同我的爱一样分量不够。此刻，我停住笔，抬起头，在写字台近旁的一面镜子里看到了自己。我自忖道，难道恨看起来就是这个样子吗？之所以这么问，是因为我想起了孩提时代我们大家在商店橱窗的反照中看到的那张面孔，当我们眼巴巴地望着橱窗里那些五彩缤纷却无法得到的东西时，橱窗映照出的那张面孔上的五官正随着我们的呼吸变得模糊起来。

这场争吵爆发的时间一定是在一九四〇年五月里的某一天。

战争从许多方面帮助了我们，正因为如此，我差不多要把它看作是自己这段风流韵事中一个不太光彩却非常可靠的同谋了（我会故意把"风流韵事"这个暗示着开端与结束的灼人字眼挂在嘴边）。我想当时德国已经占领了低地国家——春天像尸体一般散发着死亡那甜得发腻的气味，但是除了两件实际的事情以外，并没有什么东西对我来说是重要的。这两件事情，一件是亨利调到了家庭安全保障部，下班很晚；另一件是因为害怕空袭，我的女房东搬进了地下室，而不再老躲在楼上，隔着楼梯扶手监视不受欢迎的客人了。我个人的生活则因为腿瘸（我的一条腿比另外一条腿短，那是儿时的一场事故造成的）的缘故而没有发生任何变化。只是在空袭开始以后，我才觉得有必要去当一下空袭警报员。事情暂时像是我签字画押，选择了置身战事以外一样。

那天晚上走到皮卡迪利广场时，我心里仍然充满了愤恨和不信任。我最最想做的事情就是伤害萨拉。我想带个女人回家，同她一块儿躺在我同萨拉做爱的那张床上——事情似乎是这样：我知道要想伤害她，唯一的方式就是伤害我自己。这个时间里，街道上黑暗而宁静，没有月亮的夜空中，一道道探照灯的光柱正在扫来扫去。在有女人站着的门道口以及没有使用过的防空洞入口处，你看不清那些女人的面孔。她们得用手电筒发信号，就像萤火虫似的。萨克维尔街上，从这头到那头，都是些明明灭灭的小小灯光。我发觉自己在想：萨拉这会儿正在做什么？她是已经回家了呢，还是依旧在等着，以防我万一会回去？

一个女人打亮了手电筒问道："想和我一块儿回家吗，亲爱的？"我摇摇头，继续往前走。街前面有个姑娘正和一个男人说话：她打亮手电筒照着自己的脸蛋让他看时，我瞥见了一张年轻、黝黑、快乐、还没有被糟蹋掉的面孔，一头还未意识到自己已被关进樊笼的野兽。我从他们身边走过去，然后又折回来走向他们。待我走近时，那个男人离开了她。"想喝点什么吗？"我说。

"过后同我回家吗？"

"是的。"

"我会乐意快快地喝上一杯。"

我们走进这条街尽头的那家酒馆。我要了两杯威士忌。可是她喝酒时，我能看到的却是萨拉的脸庞，而不是她的脸庞。她比萨拉年轻，不可能超过十九岁，长得比萨拉美，甚至可以说，也不像萨拉被糟蹋得那么厉害，不过这只是因为她身上能糟蹋的东西比萨拉要少得多的缘故。我发现自己想要她的欲望并不比想要一只狗或猫作伴的欲望更强烈。她在对我说：她在这条街上有一套顶楼的房间，与这儿隔几座房子。她告诉我她每月得付多少房租，她有多大岁数了，她出生在什么地方，她如何在一家咖啡馆里打过一年工。她告诉我说：不是谁同她搭讪，她都带他们回家的，不过她一眼就能看出我是位绅士。她说她有一只金丝雀，是一位名叫琼斯的绅士送的，因此她给那只鸟起名叫"琼斯"。她开始说到在伦敦很难买到千里光。我思忖：萨拉要是还在屋里的话，我可以给她打个电话。我听到那位姑娘在问我，如果我有花园的话，能不能有时候想到一下她的金丝雀。她说："我这么问你，你不介意吧？"

我一边呷着威士忌一边看着她，心想真是奇怪：我对她一点也感觉不到欲望。在过了乱爱乱交的这么多年后，我似乎一下子长大了。我对于萨拉的热恋已经永远抹去了我单纯的肉欲。从今以后，我再也不可能在没有爱情的情况下同一个女人做爱了。

然而，把我带到这家酒馆里来的东西肯定不是爱情。在从公共草坪走到这里的一路上，我都在对自己说：把我带到这里来的是嫉恨，正如眼下我依旧对自己说的那样，我用笔叙述这个故事，以便把她永远从自己心里驱逐出去，因为我一直在对自己说：她要是死了，我就可以忘掉她了。

作为对那位姑娘自尊心的安慰，我给了她一张一英镑的纸币。我留下她继续喝威士忌，自己迈出酒馆，沿着新伯林顿街往前走，一直走到一座公共电话亭边。我没有手电筒，不得不擦了一根又一根火柴，才拨完了自己家的电话号码，这之后便听到了电话铃响的声音。我想象得到我写字台上放电话机的位置，我确切地知道萨拉如果正坐在椅子里或者躺在床上的话，走到电话机前需要几步，然而我还是让电话铃在那空荡荡的屋子里响了半分钟。随后我又往她家里打电话，保姆告诉我说她还没回来。我想象着她正顶着灯火管制下的黑暗在公共草坪上徘徊的情景——而在那些日子里，公共草坪并不是一个安全的地方。我看了看表，心想：如果刚才自己没犯傻的话，我们应该还可以在一起待上三小时呢。我独自一人回到家里，试图读一本书，耳朵却一直在听候着电话铃声，但电话铃一次也没响过。自尊心阻止我再打电话给她。最后我上床去睡觉，睡前服了双倍量的安眠药。早上一觉醒来，首先听到的便是萨拉在电话里的声音。她对我说话的口气就像什么事也没发生过一样，美满的安宁又回来了。但是待我一放下听筒，我脑袋里的魔鬼马上就怂恿我想到：浪费掉的那三个小时她一点也无所谓。

我始终不明白：那些能相信人格化的神这种非常不可能的东西的人却对人格化的鬼大惊小怪。我太熟悉魔鬼会怎样影响着我自己的思维。不管萨拉曾说过什么，都无法反驳魔鬼那诡诈的猜疑，不过通常都是等到萨拉走后他才展现自己的猜疑。他会在我们发生争吵很久以前就怂恿我们进行这种争吵：与其说他是萨拉的敌人，还不如说他是爱情的敌人。其实在人们的概念中，魔鬼不就是这样的吗？我能想象到：如果存在着一个主爱的神的话，魔鬼就会被逼得只好去破坏这种爱的哪怕是最蹩脚、最不堪一击的仿冒品了。所以说，他怎么会不害怕爱的习惯成长起来呢？他怎么会不竭力让我们大家都落入他的圈套，成为爱的背叛者，帮助他消灭爱呢？如果有某个神会利用我们，用像我们人这样的材料来制造他的圣人的话，那么魔鬼也会有他的野心的——他会梦寐以求地要把哪怕是像我这样的人，哪怕是可怜的帕基斯都训练成他的圣人，让我们用借来的狂热去摧毁我们在任何地方发现的爱情。

3

之所以这么说，是因为我觉得：在帕基斯先生的下一个报告里，可以看出对于魔鬼把戏的一种真正的热衷。他终于真的嗅到了爱情的气味，正蹑手蹑脚地跟踪它，而他的儿子则像一只帮他衔回猎物的狗一样紧随其后。他已经发现了萨拉花那么多时间去造访的地方；不仅如此，他还确切地知道，那些造访是可疑的。我得承认：帕基斯先生已经证明自己是个精明的侦探。他在儿子的帮助下作了安排，让迈尔斯家的保姆赶在"当事人"沿雪松路朝16号走来时待在16号的屋子外面。萨拉停下脚步，同保姆（那天是她的休息日）说话，而保姆便把她介绍给小帕基斯认识。然后萨拉接着往前走，在下一个街角处拐弯，而帕基斯本人正在那里守着。他看到她往前走了几步，然后又拐回去了。看到保姆和小帕基斯都已看不见后，她按下了16号的门铃。帕基斯先生随后便着手调查住在16号里的人。这事不太容易，因为这座房子里分成几个单元，他还没办法知道三个门铃中萨拉按的是哪一个。他答应几天后给一个最后的报告。他所要做的一切，就是下次萨拉动身往这地方时，他赶到她前面，在三个门铃按钮上都抹上一层粉。"当然，除了物证A以外，并没有当事人行为失检的证据。如果基于这几份报告，需要有此类证据用于法律诉讼的话，那么就有必要在适当的间隔之后，跟随当事人进入室内。这时需要有第二个能认出当事人的证人在场。不一定需要当场捉住当事人；法庭会认为一定程度的衣服散乱和神情慌张便足以构成证据。"

恨同肉体之爱很相像：它有高潮期，随后又有平静期。我读帕基斯先生报告的时候不禁想到："可怜的萨拉"，因为这会儿正是我恨的高潮期，此刻我已经得到满足。她终于被围住了，但我却开始为她感到难过。除了爱以外，她并未犯什么别的过错，可是帕基斯父子却在监视着她的一举一动，他们同她的保姆串通一气，在门铃按钮上抹粉，打算强行闯入或许是她现在能够享有的唯一的安宁。我有点想把报告撕碎，吩咐撤销对她的盯梢。如果不是在自己加入的那家无聊的俱乐部里翻开一份《闲话者》报，看到上面登出的亨利的照片的话，我也许就这么做了。亨利现在春风得意：在上一次女王生日颁授荣誉称号时，他因在部里工作业绩突出而得到了"大英帝国司令勋章"的头衔；他已被任命为王室专门调查委员会的主席。照片上的他出现在一个"欢乐之夜"上，那晚放映了一部名叫《最后的警报》的英国影片。在闪光灯的照耀下，他脸色苍白，鼓凸着两只眼睛，用一只手臂挽着萨拉。萨拉低下头，以便躲开闪光灯的闪光，不过即便她的头没有低下来，我也认得出她那密实扭结、让人的手指不容易抚摸或者没法抚摸的头发。突然间，我很想伸出手去摸摸她，摸摸她的头发和她私处的毛发；我想要她躺在我身边；我想能在枕头上侧过脑袋，对她说话；我想要闻到她肌肤上那几乎闻不出来的气味，尝到它那几乎尝不出来的味道。而亨利却在那儿，正带着部门头头的自得和自信面对着记者们的摄影机。

我在沃尔特·贝赞特爵士于一八九八年赠送给俱乐部的一只牡鹿头下面坐下，给亨利写信。我说有要紧事情同他讨论，问他愿不愿意同我一块儿吃午饭——时间嘛由他定，下周里哪天都行。亨利按自己的惯常做法，很快就打来了电话，同时建议我同他一块儿吃午饭——在做客方面，我从来没见过比他更拘谨的人。我记不清他找的理由是什么了，不过那理由让我很生气。我想他说的是：他加入的那个俱乐部里有些上好的波尔图红酒，但真正的原因其实是想到了欠人情——哪怕只是白吃一顿饭的小小人情——他会感觉不舒服。他几乎不会想到自己能欠的人情会是多么小。他选了一个周六。那天，我加入的俱乐部里几乎没什么人。日报的记者们无报要出，学监们都回自己在布罗姆利和斯特里汉姆的家了。我从来也不知道周六这天教士们都干些什么——也许他们都待在房间里准备自己的布道词吧。至于作家们（这家俱乐部就是为他们而设的），他们中的大多数现在都挂在墙上——柯南·道尔、查尔斯·加维斯①、斯坦利·韦曼②、纳特·古尔德③，偶尔能看到一张比较有名的熟悉面孔；在世的作家

---

① 查尔斯·加维斯（Charces Gayvice，1850—1920），英国通俗小说作家，一生著作超过150部。
② 斯坦利·韦曼（Stancey Weyman，1855—1928）英国浪漫小说作家，是格雷厄姆·格林推崇的作家之一。
③ 纳特·古尔德（Nat Goald，1857—1919），英国作家。

们一只手就能数过来。我在这家俱乐部里总是感到很自在，因为在这里碰上同行们的可能性非常之小。

我记得亨利要了一份"维也纳牛排"——这是他天真无知的标志。我确实相信：他一点儿也不知道自己要的是什么，还以为会送来"维也纳炸牛排①"之类的东西呢。由于不在自己熟悉的地盘，他显得很拘谨，而没好意思对这道菜发表意见，只是硬着头皮把那块半生不熟的粉红色混合物吞了下去。我想起他在闪光灯面前时那副自命不凡的样子，所以在他点面包布丁的时候也没试图去告诫他一声。在这顿惨不忍睹的午餐上（俱乐部这天可真够意思），我们长篇大论地谈着毫无内容的东西。亨利竭力为每天都会见报的王室专门调查委员会公报增加些内阁机密的色彩。饭后我们去休息室喝咖啡，发现壁炉边一排用马鬃充填、不怎么有人坐的沙发上只有我们两人。我想，沿墙那一溜儿的兽角②对于眼下这个场合来说是多么合适。我在壁炉围栏上跷起两只脚，把亨利死死地圈在角落里。我搅了搅咖啡，问道："萨拉怎么样？"

"很好。"亨利支吾道。他带着怀疑的神情，小心翼翼地尝了尝自己那份波尔图红酒——我想他还没忘记刚才那块维也纳牛排的味道。

"你还在担心吗？"我问他。

他不太开心地移开了目光。"担心？"

---

① 维也纳牛排是用碎牛肉、鸡蛋、面粉、蔬菜等食物混合而成的牛肉块，油炸而成；维也纳炸牛排则是用整块牛排炸制而成。——编者注
② 西方俚语，相传妻子有外遇时，丈夫头上会长出兽角，兽角就成了妻子有外遇者的标志。

"你告诉过我说你很担心。"

"我不记得了。她很好。"他嗓音低沉地解释道，就好像我是在问萨拉的健康状况似的。

"你去找过那个私人侦探吗？"

"我一直希望你已把这事忘了。当时我身体不太好——你瞧，有王室专门调查委员会要管的这些酿酒的事。我有点劳累过度。"

"你还记得我主动提出要替你去见他吗？"

"我们两人一定都过于紧张了。"他抬起头来，张望着墙上那些古老的兽角。他费力地眯缝起眼睛，想看清楚上面标出的捐赠人的名字，并且说了句蠢话："你们好像有不少动物的头。"我可不打算放过他，便说："几天以后我就去找他了。"

他放下酒杯说："本德里克斯，你绝对没有权利……"

"所有费用都是我出的。"

"真是岂有此理！"他边说边站起身来，但是我已经把他堵在墙角里，他不动粗就没法过去，而动粗是与他的性格格格不入的。

"你自然希望她能被证明是清白的吧？"

"没有什么需要证明的。对不起，我想走了。"

"我想你应该看看报告。"

"我不打算……"

"那么我想就得由我来把报告里有关她所做的那些可疑的造访部分念给你听了。她的情书我已经还给侦探存档。我亲爱的亨利，你已经完全被骗了。"

那一刻我真的以为他要揍我了。如果他这么做的话，我会很高兴地动手还击，揍这个萨拉用自己的方式如此愚蠢地忠诚了这么多年的白痴，可这时候俱乐部的秘书进来了。他是个留着长长的花白胡须的人，穿着马甲，马甲上有喝汤时沾上的汤渍，看上去活像个维多利亚时代的诗人，但其实呢，他只为自己曾经认识的狗狗们写些小小的回忆录，所用的笔调颇为忧伤（《永远的菲多》曾于一九一二年大获成功）。"啊，本德里克斯，"他招呼道，"好久没见你上这儿来了。"我把他介绍给亨利，他以理发师般敏捷的反应对亨利说："我每天都看报告。"

　　"什么报告？"亨利破天荒地在听到"报告"这个词时没先想到自己的工作。

　　"王室专门调查委员会的。"

　　秘书终于走后，亨利说："那么请把报告给我，让我过去。"

　　我想刚才秘书在场时，他的脑袋里准是一直都在想这件事情，所以便把报告递给了他。他接过报告后直接将它扔进壁炉，并且用通条将它一下子捅到了炉膛最里面。我不禁想到：这个姿态倒是颇有高贵之处。"你要干什么？"我问。

　　"什么也不干。"

　　"你并没有摆脱掉事实。"

　　"去他妈的事实。"亨利说。以前我还从没听到过他骂人。

　　"我还是可以让你有一份副本的。"

　　"你现在能让我走了吗？"亨利问道。恶魔已做完自己的活计，我觉得自己的恶毒已经宣泄一空，所以便把腿从围栏上挪开，让亨利过去。他头也不回地走出俱乐部，忘了拿自己的帽子，那顶我看到他身上滴着雨水从公共草坪那头走来时头上戴的上品黑礼帽——那仿佛是很久很久以前，而非仅仅几周前发生的事了。

4

　　我以为能追上他，或者至少能在长长的白厅街①那头看到他，所以便拿上了他的帽子。可到处都看不见他的人影。我转身回头，不知道该去哪儿。这是这段日子里最倒霉的时刻——倒霉事太多了。我往查令十字地铁站附近的小书店里张望了一下，心想这会儿萨拉的手是不是已经在按雪松路上那个扑了粉的门铃按钮，而帕基斯先生正在街角处守着？如果我能让时间倒流的话，我想自己会这么做的：那天我会不打招呼，让两眼被雨水迷糊住的亨利走过去。但我又开始怀疑无论自己做什么，事情发展的进程是否就真的会因此而改变。现在亨利和我以我们这种古怪的方式结成了盟友，但我们是不是正联合对抗一股无边无际的大潮呢？

　　我过了马路，从卖水果的小贩们身边走过，进了维多利亚公园。在灰色的、刮着风的空气里，没有多少人坐在公园的长椅上，我几乎马上就看到了亨利，但过了一会儿才认出他来。在户外，头上没戴帽子的他似乎成了那几个没名没姓、一无所有者中

---

① 英国政府主要机构的所在地。

的一员，这些人来自贫困的近郊，没人认识他们——其中一个是在喂麻雀的老头儿，另一个是臂下夹着上面有"斯旺和埃德加商店"字样的棕色纸包的女人。亨利低头坐在那儿，两眼盯着自己的鞋子。这么长时间以来，我一直如此专心致志地自哀自怜，所以此刻我竟会对自己的敌人生出同情来，这一点令我颇感奇怪。我悄悄把帽子放在他身边的座位上，准备走开，但他抬起了头。我看到他一直在哭泣。他一定是走了很远的路才来到这里。眼泪是不属于王室专门调查委员会那样一个世界的。

"对不起，亨利。"我说。只要做出歉疚的表示，就可以悄悄摆脱掉自己的过错，我们是多么容易相信这点啊！

"坐下。"亨利用自己眼泪的权威命令道。我服从了。他说："我一直在想，你们两人是情人，对吗，本德里克斯？"

"你为什么会想象……？"

"这是唯一的解释。"

"我不懂你在说什么。"

"这也是你们唯一能为自己辩解的地方，本德里克斯。你难道看不出自己做的事情——太不像话了吗？"他边说边把帽子翻转过来，查看着里面的厂家标志。

"我想，本德里克斯，你一定以为我是个大傻瓜，竟然连这都猜不出来，是吧？萨拉为什么不离开我呢？"

他自己太太的品性难道得由我来教给他知道吗？我心里的恶毒又开始活动了。我说："你的收入不薄，又很稳定。你是她已经形成的一个习惯。你是安全保障。"他专注而认真地听着，仿佛我是在王室专门调查委员会面前宣誓作证的一个证人。我尖酸刻薄地继续说道："你并不妨碍我们，就像你也不妨碍萨拉跟别人一样。"

"还有别人？"

"有时候我以为你什么都知道，只是不在乎罢了。有时候我很想把心里的话痛痛快快都告诉你——就像我们现在做的一样，只是现在这样做已经为时太晚了。我想告诉你我对你的看法。"

"你是怎么个看法？"

"你是给她拉皮条的。你为我拉皮条，你为他们拉皮条，现在你正给最新的那位拉皮条。你是个永远的皮条客。你怎么不发火呢，亨利？"

"我什么都不知道。"

"你用自己的无知来拉皮条。你从来也不学学怎么跟她做爱，所以她只好到别处去找，你就用这种方式来拉皮条。你用提供机会的方式来拉皮条……你通过愚蠢和让人厌倦来拉皮条，所以现在就有一个不愚蠢也不让人厌倦的人正在雪松路上同她厮混呢。"

"她为何要离开你呢？"

"因为我也成了个让人厌倦的傻瓜。不过我并非天生如此，亨利，是你把我弄成这个样子的。她不愿意离开你，于是我就变成了一个让人厌倦的家伙，老是用牢骚和妒嫉来惹她厌倦。"

他说："大家对你的书评价很高。"

"人家还说你是个呱呱叫的主席呢。我们干哪门子工作到底又有什么要紧？"

他抬头望着从河南岸上空飘过的积云，伤心地说："我不知道还有什么别的要紧事情。"鸥鸟在驳船上方低低地飞翔。废圮的货栈之间，那座制弹塔黑魆魆地耸立在冬天暗淡的天幕下。暮色中的地铁车站外面，那个喂麻雀的男人已经走了，那个夹着棕色纸袋的女人也走了，卖水果的小贩们正像牲口般地叫唤着。这情景就像是百叶窗正对整个世界合上；我们所有的人很快都会被抛在外面，得自己打发自己了。"我还纳闷，为什么你那么久都没来看我们。"亨利说。

"我想——在某种程度上——我们已经走到了爱的尽头。我们在一起没有什么别的事情好做。她可以买东西、做饭，同你一块儿睡觉，但她只能同我在一起做爱。"

"她很喜欢你。"他说，就好像他有义务安慰我，就好像是我的眼睛，而不是他的眼睛被眼泪弄得发青发肿似的。

"人对于喜欢是不满足的。"

"我满足。"

"我想要爱情源源不断地持续下去，而绝不会变淡……"除了萨拉以外，我从来没对谁这样说过话，不过亨利的回答同萨拉的回答可不一样。他说："这不符合人性。人得知足……"但萨拉却不是这样说的。在维多利亚公园里，坐在亨利的身边，望着白昼慢慢地消逝，我记起了整个"恋情"结束的经过。

5

　　她曾对我说——这差不多是在她约会回来、浑身上下滴着水珠走进门厅的那一天前，我从她嘴里听到的最后几句话——"你不用这么害怕。爱不会终结。不会只是因为我们彼此不见面……"说这句话时她早已作好了决定，只是我到第二天才知道，第二天的电话就像被人发现的死尸一样张着嘴，一点声音也没有。她说："亲爱的，亲爱的，人们看不见天主，但不是一辈子都爱他吗？"

　　"那不是我们这种爱。"

　　"有时候，我不相信还有别的样子的爱。"我想那会儿我应该能看出她已经处在一个我们不认识的人的影响之下了——我们刚在一起时，她从没说过这样的话。那时候我们曾那样快乐地相约，要把天主从自己的世界里抹掉。当我小心地打亮电筒，替她照着路，走过被炸毁的门厅时，她再一次说道："一切都会好的，如果我们的爱够分量的话。"

　　"我再也开心不起来了，"我说，"你反正是什么都有了。"

"你不知道，"她说，"你不知道。"

窗玻璃的碎片在我们脚下咔嚓咔嚓地响，只有门上那扇维多利亚时代留下的有年头的彩色玻璃还牢牢地竖在那儿。变成粉末状的玻璃已经发白，就像落了雪的田野里或者马路边上被孩子们弄碎的冰块一样。她再次对我说："不要怕。"我知道，她指的并不是那些五小时后还像蜜蜂一样发着嗡嗡声、从南面源源不断飞过来的奇怪的新武器。

那是一九四四年六月里后来被称为V–1飞弹攻击的第一夜。当时我们对空袭已经变得不习惯了，自从大空袭在一九四一年随着一系列最后的大突袭结束以来，除了一九四四年二月里一段短短的时间外，一直没有发生什么战事。所以当空袭警报拉响、第一批飞弹打来时，我们还以为只是几架敌机突破了我们的夜间防空网。一个小时过去了，空袭警报还未解除，大家不免感到有点不满。我记得自己当时对萨拉说："他们一定是没什么事好做，弄得连反应都迟钝了。"就是这会儿，在没有点灯的房间里，我们躺在床上看见了打到我们这儿来的第一枚导弹。它从公共草坪上空低低地掠过，我们误以为它是一架着了火的飞机，并把它发出的那种异样低沉的嗡嗡声当作失去控制的飞机发动机的声音。第二枚飞弹又飞过来了，接着是第三枚。这下子我们改变了先前对我方防空网的看法。"我们打它们就像打鸽子似的，"我说，"可是它们还要飞过来，真是疯了。"然而，过了一个小时又一个小时，它们还在源源不断地飞过来，天破晓以后也是如此，甚至在我们意识到这回是一种新玩意儿了以后也还是这样。

空袭开始时，我们刚刚躺上床。我们要做的事情并没有因为它而改变。那时候，死算不了什么——起初，我甚至还祈求过它的到来：被炸弹炸成碎片，灵肉俱灭以后，我就再也不用起床穿衣，看着她的手电筒光像一辆缓缓驶离的汽车的尾灯一样，朝着公共草坪那一头慢慢游走了。有时候我想，来世难道就不能是死亡那一瞬间的无限延长吗？如果真是这样的话，那么我当时应该会选择——而且现在她若还活着的话，我依然还会选择——这样一个时刻去死：它将是一个绝对信任和绝对快乐的时刻，一个因为不可能思考所以也不可能争吵的时刻。我抱怨过她的谨慎，并且心怀怨恨地拿我们所用的字眼"洋葱"来同她所写的那张被帕基斯先生抢出来的纸片作过比较。但是，如果不是因为知道她能够爱得多么忘情的话，那么读到她写给那位我素不相识的继任者的信时，我又怎么会这么难过呢？不，在我们爱的行为结束以前，V-1飞弹并没能影响我们。我耗尽了自己所有的一切，头枕着她的腹部，嘴里含着她的味道——像水一样清淡飘忽的味道——躺在那儿。这时候一枚导弹落到了公共草坪上，我们能听到从草坪南端传来的玻璃震碎的声音。

"我想我们该到地下室去。"我说。

"你的女房东在那里，我不能见外人。"

伴随着肉体占有而来的是一种带有责任感的温情，这时候你会忘记自己只是个情人，不用对任何事情负责。我说："她可能不在。我下去看看。"

"别去，千万别去。"

"要不了一会儿我就回来。"这句话人们一直在说，尽管他们知道在那些日子里，一会儿很可能就是永远。我穿上睡袍，找到了电筒。其实电筒几乎用不着：天已经蒙蒙亮了，在没有点灯的房间里，我能看到她脸上的轮廓。

她说："快去快回。"

我跑下楼梯时，听到了下一枚导弹飞来的声音，随后便是导弹发动机关掉时那突然降临的、像在等待着什么似的寂静。我连意识到危险已经降临、赶紧跃过玻璃碎片卧倒的时间都没有。我完全没有听到爆炸的声响。五秒钟或者五分钟之后，我醒了过来，发现周围的世界变了样子。我以为自己还双脚站着，周围的黑暗令我疑惑不解。有人好像正用一只冰凉的拳头顶着我的腮帮，我的嘴里有一股咸丝丝的血腥味道。有一小会儿，除了一种仿佛刚刚经过长途旅行似的疲倦感以外，我的头脑里一片空白。我一点也记不起萨拉，而且完全摆脱了焦虑、嫉妒、不安全感、愤恨：我的大脑成了一张白纸，有人正要在上面写上快乐的消息。我觉得等到自己的记忆恢复以后，那消息肯定还会接着写下去，那时候我就会快乐了。

然而等到记忆真的恢复以后，情况却并非如此。我首先意识到自己正躺在地上，那个悬在我身体上方、挡住光线的东西是前门：它被别的瓦砾绊住，悬在离我身体几英寸远的地方。不过奇怪的是，后来我发现自己身上从肩膀到膝盖都是一片青紫，就好像是被它的影子打了似的。顶到我腮帮上的拳头是门上的瓷把手，它撞掉了我的两颗牙齿。当然，在那之后，我记起了萨拉和亨利，还有对爱情即将终结的恐惧。

　　我从门下面爬出来，拍掉身上的尘土。我向地下室里喊了几声，但是里面没人。透过被炸坏的门道，我可以看到外面灰色的晨曦，产生了一种从被炸毁的门厅一直向外面延展的空旷感：我意识到，一棵曾经挡住光线的大树完全不在了——连被炸毁的树干的痕迹都没留下。很远处，警报员还正拉着防空警报哨。我向楼上走去。第一段楼梯被埋在一尺深的灰土里，扶手也没有了，不过用当时的标准来衡量，房屋并未真正严重受损：被炸弹炸了个正着的是我们邻居家。我房间的门开着，我沿着过道走过去时能看到萨拉。她下了床，正趴在地板上——我想是因为害怕的缘故。她看上去年龄小得荒谬，活像一个赤身裸体的孩子。我说："这颗落得可够近的。"

　　她很快转过头来，惊恐地望着我。我还不知道自己的睡袍已经撕破，上上下下都沾满了灰土。我的头发也因为落满灰土而变成了白颜色。我的嘴上和两颊上都是血。"噢，主啊！"她说，"你还活着。"

　　"你的口气听上去很失望。"

　　她从地板上爬起来，去找衣服。我告诉她："现在还不能走，过一会儿肯定就会拉空袭警报解除信号了。"

　　"我得走了。"她说。

　　"两颗炸弹不会落在同一个地方。"我说。不过此话是脱口而出，说时不假思索，因为这是一种常识，事实经常证明这种常识是错误的。

"你受伤了。"

"不过是掉了两颗牙齿。"

"到这边来，我给你洗洗脸。"没等我再次表示异议，她已经穿好衣服——我没见过哪个女人穿衣服会这么快。她慢慢地、十分小心地替我洗脸。

"你在楼上干什么？"我问。

"祈祷。"

"向谁呢？"

"向任何可能存在的东西。"

"还是赶快下楼更实际。"她的严肃让我感到害怕。我想逗逗她，让她别这么严肃。

"我下过楼。"她说。

"我没听到你的声音啊。"

"楼下一个人也没有。我看不到你，最后只看见门下伸出来你的一只手臂。我以为你死了。"

"你不妨过来查看一下。"

"我过来过，但是掀不动那扇门。"

"门并没有把我卡住，有地方能把我挪开。那样我就会醒过来。"

"我不知道。当时我确信你已经死了。"

"那么也就没什么好祈祷的了，对吧？"我逗弄着她，"除非是祈祷发生奇迹。"

"你在很绝望的时候，"她说，"就会祈祷发生奇迹。穷人不是会碰到奇迹吗？我就是个穷人。"

"等空袭警报解除以后再走吧。"我说。她摇摇头，径直走出了屋子。我跟在她身后走下楼梯，违背自己意愿地缠着她。"今天下午能见到你吗？"

"不，不行。"

"那么明天的什么时候……"

"亨利要回来了。"

亨利，亨利，亨利——我们的关系里自始至终都回响着这个名字，它给每一阵开心、逗乐或者欢快的心情都泼上了凉水，提醒我说：爱情会死亡，而温情和习惯会取胜。"你不用这么害怕，"她说，"爱不会终结……"而在亨利家的门厅里再次见到她，听到她说"是你吗"的时候，时间已经过去了差不多两年。

6

这以后的好些天里，我当然抱着希望。我打电话过去没人接，便想这只是不凑巧罢了。一周后，我碰到迈尔斯家的保姆，便向她打听他们的情况，结果得知萨拉到乡下去了。我对自己说：战争期间，信件寄丢的事情总是有的。每天一大清早，我就听见信件丢进邮箱里时发出的撞击声，但故意躲在楼上不下去，让女房东去替我拿信。拿到信以后，我也不先看每封信的信封——失望必须推迟，希望则必须尽可能保留得长久一点。我依次读每一封信，一直读到一叠信的最后，才确信没有萨拉的信。随后生命便开始枯槁凋萎，直到下午四点钟的邮件送到为止。而在那之后，就得再熬过整个夜晚。

我差不多有一星期没给她写信：自尊心阻止我这么做。后来的一天早上，我把自尊心彻底抛开，焦急地、气狠狠地写了一封信，在信封上写上北面的地址，标上了"急"和"请转投"的字样。我没收到回信，于是便放弃了希望，同时一字不漏地记起了她说过的话："人们看不见天主，但不是一辈子都爱他吗？"我恨恨地想，她总得让自己在镜子里照出个好模样来吗：她把宗教和抛弃搅和在一块，好使抛弃在自己的耳朵里听上去很高尚。她不会承认自己现在更愿意同X上床了。

那是所有日子里最糟糕的一段日子。我的职业就是想象，用形象想象。像下面这样的场景每个白天都会出现五十次，而夜里只要我一醒来就会自动开始：大幕升起，开始演戏。演的总是同一出戏：萨拉在做爱；萨拉同X在一起，做着与我们过去在一起时做过的同样的事；萨拉以她特有的方式接吻，在性爱中弓起身子，发出疼痛似的叫喊；萨拉忘情的样子。为了快点入睡，每晚我都服安眠药，但我发现服什么安眠药也没法让自己一觉睡到天亮。白天里只有导弹能让我的注意力稍作转移：在导弹发动机关闭后出现的静寂与导弹坠地爆炸之间的几秒钟里，我的大脑会不去想萨拉。三个星期过去了，上述那些景象依然像开始时一样清晰，也出现得一样频繁，而且它们似乎也没什么理由会就此收场。我开始颇为认真地想到自杀。我甚至还选定了日子，并且带着一种差不多是希望的感觉开始积攒安眠药片。我对自己说：总之，我不能这么没完没了地熬下去。后来自杀的日子到了，自杀的戏演了又演，但我还是没有自杀。这倒不是因为怯懦，而是因为记忆中的一幕阻止了我——这就是V-1飞弹落下以后，我走进房间时在萨拉脸上看到的那种失望神情。她心里不正是盼着我死吗？我死了，她和X的新恋情就不会让她的良心那么不好受了。（我这么说是因为觉得起码的良心她总还是有的吧？）如果我现在自杀，那么她就完全不用为我担心了。我们在一起相处了四年，有过这么四年之后，现在即便是同X在一起，她也肯定会有担心我的时候的。我不想给她这种满足。如果有办法的话，我要让她的担心增加到不堪忍受的程度。我为自己的无能感到气恼。我真是恨她。

当然，就像爱有尽头一样，恨也有尽头。六个月之后，我意识到自己已经不再整天都想着萨拉了，自己变得快乐起来。这不可能当真就是恨的尽头，因为我马上就到一家文具店里买了张美术明信片，在上面写上了一段喜气洋洋的话，这段话——谁知道呢？——够让读它的人难受一阵子的。不过待写上她的地址之后，我又失去了伤人的欲望，于是便把明信片扔到了马路上。奇怪的是，恨竟是因为那次见到亨利之后才被重新唤起的。我记得在打开帕基斯先生的下一份报告时，自己曾经想到：要是爱也能够像那样被唤起就好了。

帕基斯先生的工作干得不错：扑在门铃按钮上的粉起了作用，萨拉去的那家人家已经搞清楚了——是雪松路16号顶楼的那个单元，里面住的是一个名叫斯迈思的小姐和她的哥哥理查德。我不知道斯迈思小姐做妹妹，是不是就像亨利做丈夫一样，只是出于一种方便。这个名字（Smythe）本身——以及它中间的字母y和末尾的字母e——唤起了我潜意识里的势利观念①。我想：难道她已经堕落到同雪松路上的什么斯迈思为伍的地步了吗？他是她过去两年里一长串情人当中的最后一个吗？还有，在见到一九四四年六月里她为之而抛弃我的这个男人（我决心用不像帕

---

① Smythe是Smith的异体字，意为"工匠"。

基斯先生报告里所写的那种遮遮掩掩的方式去见他）时，我会死死盯着他看吗？

"我是不是就按一下门铃，径直走进去，像一个受到伤害的丈夫那样去面对他？"我问帕基斯先生。（他按约定同我在一家A.B.C.[①]咖啡馆里见面——这是他自己的建议，因为他带着儿子，不能去酒馆。）

"我反对这样做，先生。"帕基斯先生边说边往自己那杯茶里加了第三勺糖。他的儿子面前放着一杯橙汁汽水和一块小圆面包，坐在一张听不到我们谈话声音的桌子边上。他留神观察着每一个走进店堂、把帽子和外套上湿乎乎的雪花抖掉的人。他用一对亮晶晶的棕色小眼睛留神地看着，就好像过后得做报告似的——也许他做过，这是帕基斯对他训练的一部分。"您瞧，先生，除非您愿意出庭作证，否则这只会使法庭上的事情复杂化。"

"这事绝不会弄到法庭上去的。"

"通过友好协商来解决吗？"

"因为那样做没太大意思，不可能有谁当真会去为一个名叫什么斯迈思的人费事的。我只想见见他——仅此而已。"

"最保险的办法，先生，就是装扮成抄表员。"

"我可不习惯一本正经地戴上顶鸭舌帽。"

"我与您有同感，先生。这是我力图避免的事情。我也希望

---

① Aerated Bread Company（泡腾面包公司）的缩写，此处指该公司经营的连锁咖啡馆。

到时候自己的儿子能够避免这种事情。"他用悲戚的目光追随着自己儿子的一举一动，"他想要一份冰激凌，先生，但我说了不行，这种天气里不行。"说话时他有点哆嗦，像是因为想到了冰激凌而感到身上发冷似的。他说："每一行都有自己的职业自尊，先生。"我一时没弄明白他的意思。

我问："你能把儿子借给我吗？"

"如果您能向我保证不会发生什么不愉快的事情的话，先生。"他有点怀疑地答道。

"我不想在迈尔斯太太在场的时候登门。这种场面到处都一样。"

"可为什么要孩子呢，先生？"

"我会说他病了。我们找人找错了地址。他们不会不让他坐一会儿的。"

"这一点孩子做得到，"帕基斯先生自豪地说，"没人会不喜欢兰斯。"

"他是叫兰斯，对吗？"

"根据兰斯洛爵士①的名字起的名，先生。就是圆桌骑士里的兰斯洛爵士。"

"这我倒没想到，那肯定是亚瑟王传说中让人不太愉快的一段。"

"他找到了圣杯。"帕基斯先生说。

---

① 英国亚瑟王传奇中最为勇武的一个圆桌骑士，是加勒哈德爵士的生父和王后格温娜维尔的情人。

"找到圣杯的是加勒哈德①。兰斯洛被人家发现同格温娜维尔一起躺在床上。"我们为什么会有这种作弄天真的人的欲望呢？是出于嫉妒吗？帕基斯望着坐在那边桌上的儿子，眼神看上去就像是被儿子出卖了似的。他难过地说："这我没听说过。"

---

① 亚瑟王传奇中的圣洁骑士，因品德高洁而得到圣杯。

7

第二天我们一起去雪松路之前，我在高街①给孩子买了份冰激凌——为的是气气他爸爸。亨利·迈尔斯正举行一个鸡尾酒会（帕基斯先生是这么报告的），所以采取行动正当其时。帕基斯先生把儿子的衣服扯扯平，然后把他交给了我。为了纪念平生头一回与一位委托人同台亮相，孩子穿上了自己最好的衣服，而我穿的是自己最糟的衣服。一些草莓冰激凌从他的匙子上滴下，溅到了他的套装上。我一言不发地坐着，直等到孩子把最后一小团冰激凌吃完。然后我问他："再来一份？"他点点头。"还要草莓的吗？"

他说："要香草的。"过了一会儿才又加上一句，"谢谢。"

他不慌不忙地吃起第二份冰激凌，仔细地舔着匙子，好像在抹掉指纹似的。随后我们两人便像父子一般牵着手穿过公共草坪，往雪松路走去。我想：萨拉和我都没孩子；结婚、生孩子，过甜美平淡的安生日子，难道就不比这种贪欲嫉妒、偷鸡摸狗的勾当和帕基斯的报告更有道理吗？

---

① 伦敦市中心的一条繁华商业街。

我按响了雪松路顶楼的门铃，并对孩子说："记住，你觉得自己病了。"

　　"要是他们给我一份冰激凌的话……"他开口说道。帕基斯已经训练他作好了准备。

　　"他们不会的。"

　　我揣测，来开门的是斯迈思小姐——一个头戴从义卖场上买来的那种灰不溜秋的头饰的中年妇女。我问道："威尔逊先生住在这儿吗？"

　　"不住这儿，恐怕……"

　　"你不知道他是不是住在二楼吗？"

　　"这栋楼里没有叫威尔逊的人。"

　　"哦，亲爱的，"我说，"我大老远地带着这孩子过来，这会儿他觉得自己不舒服……"

　　我不敢看孩子，但从斯迈思小姐看他的样子来判断，我断定他正在默默地、十分能干地扮演着自己的角色：萨维奇先生该会自豪地承认他是自己队伍中的一员了。

　　"让他进来坐下吧。"斯迈思小姐说。

　　"真是太谢谢你了。"

　　我心想：不知道萨拉隔多久就会从这个门口走进这间狭小凌乱的门厅一次？现在我算是到了X的家里了。帽钩上那顶棕色的软帽应该就是他的。我的继任者的手指——那些触摸萨拉的手指——每天都会转动这扇门的门把。现在门打开了，里面是煤气取暖炉的黄色火苗，粉红色灯罩里透出的光线穿过午后灰白色的天光，照到沙发上那面宽松的印花布套上。"我可以给你的小男孩端杯水来吗？"

"真是太谢谢你了。"我记得自己刚才已经说过这句话。

"或是来点橙汁？"

"别麻烦了。"

"橙汁。"男孩坚决地说，而且又是隔了好一会儿，待她走到门口时才说了声"谢谢"。现在既然只剩我们俩了，我便朝他望了望：他正趴在沙发套上，一副病得不轻的样子。要不是他对我挤挤眼睛的话，我会以为他是不是可能真的……这时候斯迈思小姐端着橙汁回来了，我说："快道声谢谢，阿瑟。"

"他名字叫阿瑟？"

"阿瑟·詹姆斯，"我说。

"是个挺老派的名字。"

"我们是老派人家。从前他妈喜欢丁尼生①。"

"他妈已经……？"

"是的。"我说。她用怜悯的眼光看了看孩子。

"他对你一定是个安慰。"

"也是个麻烦。"我说。我开始感到羞愧：她是这么相信我的话，而我都在这儿干些什么好事呢？我并没有离会见X的目的更近一点，再说，与床上的那个家伙打上照面是否就真的能让我开心一点呢？我改变了策略，说："我该自我介绍一下，我叫布里

———————————

① 阿尔弗雷德·丁尼生（Alfred Tennyson，1809—1892），英国维多利亚王朝时代的桂冠诗人。

奇斯。"

"我叫斯迈思。"

"我有一种强烈的感觉,好像以前在什么地方见过你。"

"我想没有。我对人的面孔记得很清楚。"

"或许我在公共草坪上见过你。"

"我和我哥哥有时候会上那儿去。"

"他该不会是叫约翰·斯迈思吧?"

"不,"她说,"叫理查德·斯迈思。小男孩现在感觉怎么样了?"

"更不好了。"帕基斯的儿子说。

"你看我们该给他量量体温吗?"

"能让我再喝点橙汁吗?"

"这不会有什么不好吧?"斯迈思小姐不太有把握地问,"可怜的孩子,也许他在发烧。"

"我们叨扰你够久了。"

"如果不把你们留住的话,我哥哥是不会原谅我的。他很喜欢孩子。"

"你哥哥在吗?"

"他随时都会回来。"

"下班回家来吗?"

"这个——他的工作日其实是星期天。"

"是教士吗?"我暗含恶意地问道,但得到的却是一个让人不解的回答:"并不是。"她脸上露出一丝忧虑的神情,那神情像幕布似的悬坠在我们两人中间，而她便带着自己的苦恼躲到了幕布后面。她站起身子，这时候前厅的门打开，X来了。在昏暗的门厅里，我依稀辨认出一个有着一张演员般英俊面孔的男人——这张面孔照镜子照得太多，沾着一股俗气。我悲哀而不满地想道：我希望她的品味更好一点才是。随后，那个男人走到了灯光下。他左边的脸颊上有几块厚厚的青黑斑，看上去差不多像是他血统不纯的标记——刚才我是冤枉他了，他无论照哪面镜子都不可能有满足感。

斯迈思小姐说："我哥哥理查德。布里奇斯先生。布里奇斯先生的小男孩不舒服。我要他们进来的。"

他一边眼睛看着孩子，一边同我握手。我注意到他的手又干又热。他说："我曾经见过你孩子。"

"在公共草坪上吗？"

"有可能。"

对于这间屋子来说，他显得过于强势：他同印花布不协调。她妹妹坐在这里时，他们是不是在另外一间屋子里……或者他们打发她到外面办事，而自己在这里做爱？

好了，我已经见到这个人，没有什么理由需要再待在这儿了——除了所有那些因为见到他才生出的新问题以外：他们是在哪儿认识的？是她主动的吗？她看上了他的哪一点？他们成为情人有多久了？多长时间约会一次？她写过的那些话我都能背下来，"我不必给你写信或者对你说话，在我能把话说出来以前，你已经无所不知了。不过人在爱的时候，会觉得有必要采用自己一直在用的老办法。我知道自己是刚刚开始在爱，但我已经想弃绝除你之外的任何东西、任何人了。只是恐惧和习惯在阻碍着我。亲爱的……"我瞪着他脸颊上那些粗糙的青黑斑，心想：没有什么地方是保险的，驼背、瘸子——他们都有激发爱情的绝招。

"你上这儿来的真正目的是什么？"他突然打断了我的思绪。

"我告诉过斯迈思小姐——有个叫威尔逊的人……"

"我记不得你的面孔，不过我记得你儿子的面孔。"他失望地做了个简短的手势，仿佛像是要摸摸孩子的手似的——他的眼睛里有一种高深莫测的温情。他说："你不必害怕我。我习惯了人们上这儿来。你尽管放心，我只想能为你效劳。"

斯迈思小姐解释道："人们常常脸皮太薄。"我怎么也弄不明白他们都在说些什么。

"我只是在找一个叫作威尔逊的人。"

"你很清楚：我知道没这么个人。"

"如果你能借我一本电话号码簿的话，我可以核实一下他的地址……"

"还是再坐坐吧。"他边说边愁容满面地来回打量着孩子。

"我得走了。阿瑟已经感觉好了点，威尔逊……"他的含糊其词让我感到不太自在。

"你想走的话当然可以走，但你把孩子留在这里不行吗——哪怕只留半小时？我想同他谈谈。"我想他已经认出了帕基斯的助手，正打算要盘问他，所以便说，"你要问他的任何问题都可以问我。"每次他把没有青黑斑的那半边脸对着我时，我的怒火都会增加，因为只要我一看到他那松弛丑陋的另一侧脸颊，它就会慢慢转开。我实在无法相信：斯迈思小姐去沏茶时，这儿的印花布沙发套上会横流着淫欲。不过绝望总会给人一个回答，此刻绝望正在问我：你难道愿意那是爱情，而不是淫欲吗？

"你和我年纪都太大了，"他说，"可是牧师和学校的老师们——他们用自己的谎言来腐蚀他的过程才刚刚开始。"

"见鬼！我不懂你什么意思。"说完这话后我赶紧对斯迈思小姐补充了一句，"对不起。"

"瞧，我算说对了吧！"他说，"'见鬼'，我要是惹恼了你，你很可能还会说'我的上帝'呢。"

我觉得自己惹他不高兴了。他可能是个不信奉英国国教①的新教牧师，因为斯迈思小姐说过他星期天工作。可是这样一个人竟会成为萨拉的情人，真是荒诞极了。它一下子降低了她的重要性：她的情事成了个笑柄；她本人也可能会在我将出席的下一个宴会上成为有趣的谈资。有一会儿我不再去想她了。男孩说："我觉得难受，我能再喝点橙汁吗？"

斯迈思小姐说："亲爱的，我想你最好还是别再喝了。"

"我真的得带他走了。太谢谢你们了。"我尽量盯着斯迈思先生脸上的青黑斑对他说，"如有得罪之处，十分抱歉。那纯属偶然，我只是碰巧接受不了你的宗教信仰。"

他诧异地望着我。"可我并无任何宗教信仰。我什么也不

---

① 英国国教也称作圣公会，为新教三大教派（路德宗、加尔文宗、圣公会）之一。原为罗马天主教的一个分支，16世纪宗教改革以后摆脱教皇的控制，由英国国王担任其名义首领，并任命主教和大主教。

信。"

"我以为你反对……"

"我痛恨前人留下的花哨玩意儿。请原谅，我知道自己扯得太远了，布里奇斯先生，但有时候我怕平常用的词儿——比如说'再见'——也会让人们想起那些花哨的玩意儿。[①]要是我能相信自己的孙子连"上帝"这样的词儿对我们来说是什么意思都不知道，就像他不知道斯瓦希里语[②]某个词的意思一样，那就好了。"

"你有孙子吗？"

他愁容满面地说："我没孩子。我羡慕你有儿子。这是伟大的义务和伟大的责任。"

"你刚才想问他些什么？"

"我想要他在这里的感觉就像在家里一样，因为那样的话他以后就可能还会再来。人有这么多的东西想告诉一个孩子，比如世界是怎么来的。我想告诉他有关死亡的事情，我想从他脑子里清除掉他们在学校里灌输给他的所有谎言。"

"半小时里做这一堆事可是够多的。"

"人可以播下种子。"

我语带恶意地说："那可是福音书里的话。"

"噢，这个你不说我也知道，我自己也已被腐蚀了。"

"人们真的来找你吗——悄悄地？"

"你会感到出乎意料的，"斯迈思小姐说，"人们都渴望得

---

① 英文里"再见"（good-bye）系"上帝与你同在"（God be with you）一语的缩略形式。
② 东非地区的一种共同语。

到有关希望的讯息。"

"希望?"

"是的，希望。"斯迈思说，"你难道看不出，如果世界上每个人都知道我们除了此世今生拥有的东西外别无所有的话，那么会出现什么样的希望？没有什么未来的补偿、回报、惩罚。"当半边脸颊隐藏起来的时候，他的面部有一种古怪的高贵味道。

"那么我们就会着手把这个世界变成天堂了。"

"会有许许多多的东西需要先解释明白。"我说。

"我带你看看我的图书馆好吗?"

"这是伦敦城南部理性至上派最好的图书馆。"斯迈思小姐解释说。

"我不需要被人家说服改变信仰，斯迈思先生。我什么也不信，除了一些偶然的时候。"

"我们与之打交道的就是偶然的时候。"

"不过奇怪的是，这些时候正是希望的时刻。"

"自负可以假扮成希望。自私也会。"

"我不觉得它们同希望有什么关系。希望会突然间无缘无故地产生，它是一种气味……"

"啊，"斯迈思说，"花的结构、设计的主题、钟表需要有制造它们的钟表匠之类的道理，所有这些都是老掉牙的玩意儿了。施韦尼根二十五年前就对所有这些问题作了解答。我来解释给你听……"

"今天不啦。我真的得带孩子回家了。"

他像一个遭到拒绝的情人一样，又做了一下那个表示爱意受挫的手势。我突然间想道：不知在多少临终病人的床前他被拒绝过。我觉得自己也想给他一点有关希望的讯息，可就在此时，他的另一侧脸颊转向了我，于是我便只能看到那张傲慢的演员般的脸了。我更喜欢他可怜、信心不足、落后于时代的时候。艾耶尔①、罗素②——他们是今日的时尚，不过我怀疑他的图书馆里是否会有许多逻辑实证主义者③的著作。他那里只会有变革世界的斗士，而不会有超然物外的哲人。

　　在门口——我注意到他没有用那个危险的术语"再见"来同我道别——我冲着他那半边漂亮的脸颊开了一炮："你应该见见我的一个朋友，迈尔斯太太。她会感兴趣的……"说到此处我便一下打住话头。炮弹击中了目标。那侧脸颊的青黑斑上似乎泛起了些许绛紫色，他猛地掉开了脸。这时我听到斯迈思小姐说："哦，我亲爱的。"无疑我弄得他难受了，不过感到难受的并不仅仅是他，还有我。我真希望自己刚才的炮弹偏离了目标。

　　在外面马路的阴沟边上，帕基斯的儿子感到恶心。我让他吐出来，自己则站在那儿纳闷：难道他也失去她了吗？这一切难道就没个完吗？我现在是不是该去找Y了？

---

① 阿尔弗雷德·艾耶尔（Alfred Jules Ayer，1910—1989），英国逻辑实证主义哲学家。
② 伯特兰·罗素（Bertrand Russel，1872—1970），英国哲学家，分析哲学（逻辑实证主义）的主要创始人。
③ 现代西方哲学重要流派，认为能被经验证实的命题才是科学命题，而哲学的任务是研究证实科学命题的形式方法；形而上学、道德、宗教等主观思辨性的问题均不在哲学讨论的范围之内。

8

帕基斯说："这事做起来其实挺容易，先生。人多极了，所以迈尔斯太太以为我是她丈夫部里的一个朋友，而迈尔斯先生又以为我是她太太的一个朋友。"

"鸡尾酒会开得好吗？"我问，心里再次记起第一次见到萨拉以及看见她同那个陌生人在一起时的情景。

"应该说非常成功，先生，只是迈尔斯太太看起来身体不太舒服，她咳嗽得很厉害。"我很愉快地听着他叙述：这次的聚会上大概没有什么角落里的接吻和抚摸了。他把一个棕色纸包放在我的写字台上，带着自豪的口气说："我从保姆那里打听到了去她的房间该怎么走。如果有人注意我的话，我就说在找厕所，但是没人注意我。这东西就在那儿，在她的书桌上——那天她一定在上面记东西来着。当然啦，她可能很小心，不过根据我对日记的经验，它们总是会泄露信息的。人们会自己发明一些小小的代号，但是你很快就会识破它们，先生。他们也可能会省略掉一些东西，但你很快就会知道他们省略掉的都是些什么。"他说话的时候，我打开了日记本。"你之所以记日记，就是因为想记住事情，这是人之常情，先生。不然的话记它干吗？"

"你看过吗？"我问。

"我确定了一下它的性质，先生，并根据其中的一则记录判断：她不属于那种小心谨慎的人。"

"这不是今年的日记，"我说，"是两年前的。"

一时间他感到很窘。

"它对我有用。"我说。

"这日记能帮着把问题搞清楚，先生——即便她没犯过什么过错。"

日记写在一本大账簿上，那熟悉的粗大笔迹被账簿上的红线和蓝线划过。日记并未每天都记，我可以宽宽帕基斯的心了——"上面的时间跨度有好几年。"

"我估计一定有某种原因促使她取出了日记重读。"我心里纳闷，是不是对我、对我们恋情的某项记忆可能不迟不早，就在今天掠过了她的脑际？是不是可能有某种东西搅乱了她内心的安宁？我对帕基斯说："我很高兴能够得到这个，很高兴。你瞧，我真的觉得现在我们可以结账了。"

"希望您能感到满意，先生。"

"相当满意。"

"希望您能给萨维奇先生写封信，告诉他这一点，先生。他老是从委托人那里听到坏报告，而好报告却从来没人写。委托人越是感到满意，就越想忘记，越想从自己的脑中把我们赶出去。

这你几乎不能怪他们。"

"我会写的。"

"谢谢您待孩子好，先生。他有点消化不良，不过我知道是怎么搞的——对兰斯这样的孩子，要限制他们吃冰激凌很难。他差不多一句话也没说就从您那里弄到了冰激凌。"我很想看日记，但是帕基斯却待着不走。也许他并不真的相信我会记住他，所以想用自己那对可怜巴巴的眼睛和那撇透着穷气的小胡子给我的记忆增加点印象。"我很欣赏我们的合作，先生——如果在糟糕的情况下人们也能说到欣赏的话。我们的主顾并不总是真正的绅士，即使他们有着这样或那样的头衔。我的主顾里面就曾经有过那么一个世袭贵族，先生。我把报告交给他后，他大发雷霆，就好像我是犯错的当事人似的。那事让人感到很泄气，先生。你干得越是成功，他们就越是乐意以后不再见到你。"

我强烈地意识到自己以后就不再想见到帕基斯，所以他的话引起了我的负疚感。我没法把这位仁兄赶走。他说："我一直想着，先生，要送您一件小小的纪念品——可是回头一想，它又正好是您不想收到的东西。"人能得到别人的喜欢——这是件多么令人奇怪的事情啊。它会自动唤起某种忠诚的感情。所以我对帕基斯撒谎说："我始终很享受我们的谈话。"

"开始的时候真是不顺利，先生，犯了那个愚蠢的错误。"

"你对孩子说了吗？"

"是的，先生，不过过了些天，在字纸篓的事情上取得成功之后才说的，这样可以让我不那么痛苦。"

我低头看了一眼日记本，读到上面有这么一句："真快乐，莫明天回来。"我想了一会儿"莫"是谁。想到自己曾经被人爱过，自己的存在曾经有力量在另外一个人的生活中造成快乐与无聊的差别，这也是一件多么令人奇怪、多么让人感到陌生的事情啊。

　　"不过如果您真的不反对纪念品的话，先生……"

　　"当然不反对，帕基斯。"

　　"先生，我这里有件东西，可能有点意思和用处。"他从衣袋里掏出一个用纸巾裹着的物件儿，怯生生地隔着写字台把它推给我。我打开一看，发现里面是个不值钱的烟灰缸，上面有"布赖特林希大都会饭店"的字样。"这玩意儿可有点历史呢，先生。您还记得波尔顿案吧？"

　　"不能说还记得了。"

　　"当时它引起过很大轰动，先生。波尔顿夫人、她的保姆，还有那个男人，先生，三个人一块儿被发现的。这个烟灰缸当时就放在他们床边，靠着波尔顿夫人那侧。"

　　"你的收藏一定够装备一个小博物馆的了。"

　　"我本想把它送给萨维奇先生——他特别感兴趣——不过现在我很高兴没送给他，先生。我想您会发现，您的朋友在烟灰缸上掐灭烟头时，上面刻的字会引起他们的议论，而您正好可以回答他们——说起波尔顿案子。他们都会想听下去的。"

　　"这听上去很让人激动。"

　　"人性就是这样，不是吗，先生？凡人的爱情也是这样。不过我真的很惊讶，因为没想到会有第三个人。房间也不大，不时髦。我太太当时还在世，但我不想告诉她这些细节。她听到点事儿心里就会不踏实。"

"我肯定会珍视这件纪念品的。"我说。

"烟灰缸如果能说话就好了，先生。"

"的确如此。"

不过，帕基斯尽管有那么深刻的思想，他的话终于还是讲完了。最后握了握手（手有点发黏，也许它碰过兰斯的手）后，他便走了。他不属于那种你想再见到的人。随后我打开了萨拉的日记。开始时，我想该看看一九四四年六月里一切结束时那天的日记，但在醒悟到自己想看那天日记后面的原因以后，我又觉得有很多其他日子的日记可以看。把这些日记同我本人的日记放在一起比对，我便会确切地知道她的爱情究竟是如何逐渐消失的。我想以对待案子——帕基斯的一个案子——中某个卷宗的方式来对待这本日记，但我没有那份定力，因为打开日记后我所发现的并非是我自以为会发现的东西。怨恨、猜疑和嫉妒已驱使我走得如此之远，以至于我读她写下的文字时就像是在读一个陌生人的爱情自白。我以为会读到许多说明她不是的证据——我不是曾经那样频繁地拆穿过她的谎言吗？——然而此时此刻，全部的答案都白纸黑字地写在这儿，我可以相信它们，就像我不能相信她说的话一样，因为先读的是日记的最后两页，所以为了确认没错，最后我又把这两页重读了一遍。你知道自己身上没有任何除了父母亲或者天主以外的人会爱的东西，然而此刻你却发现并且相信有人爱自己，这真是件令人奇怪的事情。

第三部

1

……我们了结之后，除了你①以外就再没有剩下任何东西了。对我们两人来说，情形都是如此。本来我可以用一生的时间去爱，一次只花掉一点，在此处和彼处，在这个男人或者那个男人身上省着用。但是甚至在帕丁顿车站附近那家旅馆里头一次幽会的时候，我们就已经花完了我们所有的一切。你在那儿，教导我们大肆挥霍，就像你教导富人们所做的那样，以便有朝一日，我们会除了对你的这份爱以外别无所有。但是你对我太好了。我向你要求痛苦时，你却给了我安宁。也给他这个吧，把我的安宁给他——他更需要。

1946年2月12日

两天前，我有一种如此强烈的安宁、平静和爱情的感觉。生活又要变得快乐起来了，可是昨天夜里我做梦，梦见自己在爬一段很长的楼梯，去见楼上的莫里斯。那时候，我依然是快乐的，

---

① 原文为You，首字母大写，用来特指天主，下文中楷体的"你""他"都特指上帝，不再逐一说明。

因为爬到楼梯顶上后我们会做爱。我大声告诉他我来了，但回答我的却不是莫里斯，而是一个陌生人的声音。那声音像大雾天里向迷航船只发警报的雾号一样低沉地、嗡嗡地响着，让我感到害怕。我以为他把房间租给了别人，自己已经走了。我不知道他人在哪里。我重新走下楼梯时，大水漫过了我的腰际，门厅里弥漫着浓雾。随后我醒了。我再也不觉得安宁，我真想像以往一样地要他。我想同他一块儿吃三明治。我想同他一块儿在酒吧里喝酒。我很累，我不想再要任何痛苦了。我要莫里斯。我要平平常常的、堕落的、凡人的爱。亲爱的主，你知道我想要你的痛苦，可我不想现在就要。把它拿开一会儿，下次再给我吧。

读完这段以后，我便从头开始往下读。日记她并未每天都记，我也无意每则都读。她同亨利一块儿去的剧院、餐馆和宴会——所有那些我一无所知的生活依然有着让我难受的力量。

2

1944年6月12日

　　有时候，我对努力让他相信我爱他并且永远会爱他这件事感到十分厌倦。他像一个出庭律师那样抓住我说的话不放，并且加以曲解。我知道他很害怕，害怕一旦我们的爱情终结，他就将被无边无际的沙漠所包围，但他却无法意识到我的感受也完全一样。他大声嚷着说出来的话，我默默无语地说给自己听，并且在这里写下来。人在沙漠里能够建造起什么呢？有时候，我们一天里多次做爱，过后我会自问：性欲是否就不会有终了的一天呢？我知道他也在问自己这个问题，在害怕沙漠开始的那一刻。如果彼此失去了对方，那么我们在沙漠里都会做些什么呢？那以后人怎么活下去？

　　他嫉妒我的过去、现在和将来。他的爱情就像是中世纪女子用的贞操带：只有同我在一块，只有在我身体里时，他才会感到安全。只要我能让他感到安全，我们就能平静、快乐，而不是粗野、无节制地去爱，沙漠就会退隐到看不见的地方，或许一辈子都会如此。

如果一个人能信天主，那么天主会充满这个沙漠吗？

我一直想被别人喜欢或者爱慕，如果一个男人突然对我发火，如果我失去了一个朋友，我都会有一种强烈的不安全感。我甚至不想失去丈夫。无论何时，无论何地，我什么都想要。我害怕沙漠。在教堂里，他们说：天主爱你，天主就是一切。相信这种说法的人不需要被人爱慕，她们不需要同男人睡觉，她们感到很安全。可是我无法凭空虚构一种信仰。

莫里斯今天一天对我都很温存。他经常告诉我说，他从未这样深深地爱过另外一个女人。他以为经常说这句话，就能让我相信它。然而我之所以相信它，只是因为我也完全一样地爱着他。如果不再爱他了，我就会停止相信他的爱。如果我爱天主，那么我就会相信他对我的爱。仅仅需要爱是不够的，我们首先得爱才行，可是我不知道怎样去爱。但我需要爱，我太需要它了。

他整天都很温存。只有一次，在我提到一个男人的名字时，我看到他的目光移开了。他以为我还在同别的男人睡觉。即使情况确实如此，事情就果真会那么严重吗？如果他偶尔有个女人的话，我会抱怨吗？如果在沙漠里我们两人无法相伴的话，我是不会坚持不让他稍稍有个伴的。有时候我想：真要到了情缘已尽的时候，恐怕跟他要杯水喝他都不会给；他会把我逼到彻底孤立无援的境地，让我孑然一身，身边无物也无人——活像一个隐士。但隐士从来不会孤独，或者据说不会。我的头脑里乱极了。我们都在对彼此做些什么呢？因为我知道，自己在对他做的事儿与他在对我做的事儿完全是一样的。有时候我们是如此快乐，有生以来我们从未有过如此多的快乐。我们仿佛是在一块儿雕刻着同一座雕像，一块儿从彼此的痛苦之中雕刻出这座像的形体，然而雕像的基本构思是什么我却一无所知。

1944年6月17日

昨天我同他一块儿回家，我们做了通常做的事情。我没有勇气把它写下来，但是我想这么做，因为此刻，在我写这些的时候，时间已是明天，我害怕昨天将尽的时刻。只要我不停地写，昨天就是今天，我们就会依然还在一起。

昨天等他的时候，公共草坪上有人演讲：演讲者中有独立工党的人，有共产党的人，有只是讲讲笑话的，还有一个抨击基督教的人，他属于一个叫作"伦敦市南部理性至上学会"或者差不多名字的组织。那人半边脸上有黑斑，不然的话应该会很漂亮。听他演讲的人很少，也没有什么人打断他的话向他提问。他在抨击某个已经死去的东西，我想他干吗要去费这个事。我待在那里听他讲了几分钟，他在力图证明说：上帝存在的理由站不住脚。我除了不想自己一个人孤零零地待着这种胆怯的需要外，并不太清楚什么上帝存在的理由。

突然间，我感到一阵恐惧，担心亨利或许会改变主意，只给我发一封电报，说他要待在家里。我从来也不清楚自己最怕的是什么——是怕自己失望，还是怕莫里斯失望。不管是谁失望，结果对我们两人来说都一样：我们会找碴儿吵架。我对自己生气，而他则对我生气。我回了趟家，但并没有什么电报来，结果我再赶回去见他时便迟到了十分钟。于是我就开始生气，以便同他的生气保持一致。过后他又会意想不到地对我温存起来。

在此之前，我们从未有过这么长的一个白天，而且还有随之而来的整整一个夜晚可以待在一起。我们买了生菜和面包卷，还有配给的黄油——我们不太想吃东西，天气很暖和。此时此刻，天气也很暖和。人们会说：多么可爱的夏天啊。我正乘火车到乡下去同亨利会合，一切都永远地结束了。我感到恐惧：这就是沙漠啊，周围很多里很多里的地面上什么人和东西都没有。如果身在伦敦的话，我可能很快就会丢掉性命，但是如果身在伦敦的话，我就会走到电话机面前，拨打我所记得的唯一的号码。我自己的号码经常忘记：我想弗洛伊德会说，我就是想忘记它，因为它也是亨利的号码。不过我爱亨利：我想要他快乐。只是今天我很恨他，因为他的确很快乐，但我不快乐，莫里斯也不快乐，而他却完全不会知道这一切。他会说我看上去很疲倦，会以为是我来了倒霉的例假——他已经不再费事去计算那些天数了。

今晚拉响了空袭警报——当然，我是说昨晚，但那又有什么要紧？沙漠里是没有时间的。然而只要想，我是可以走出沙漠的。我可以明天就赶火车回家，给他打电话。亨利或许还在乡下，我们可以在一起过夜。誓言——对我从不认识的人，对我并不真正信仰的人所发的誓言——并不那么重要。没人会知道我违背了誓言，除了我和他。而他并不存在，对吧？他不可能存在。你不可能一边有一个仁慈的天主，一边却感到如此绝望。

如果回去的话，我们该上哪儿去呢？昨天空袭警报拉响以前，还有在那之前的一年时间里，我们都是待在哪儿的？那时候，我们害怕恋情的终结，对于一无所有后的日子该怎么过这点感到困惑。现在我不再需要困惑——因为再也没有什么可担心的了。这就是终结。可是，亲爱的主啊，我该拿这种爱欲怎么办呢？

我为什么要写"亲爱的主"呢？他并不亲爱——对于我来说他并非如此。如果他存在的话，那么发那个誓言的念头就是他塞进我脑袋里的，为此我恨他。我恨。每过几分钟，窗外就会掠过一座灰色的石砌教堂和一个小酒馆——沙漠里到处都是教堂和酒馆，还有许许多多的店铺、骑自行车的男人、草地、奶牛和工厂的烟囱。你透过沙子看到他们，就像透过鱼缸里的水看到里面的鱼一样。亨利也在鱼缸里待着，他抬起嘴来等待着接吻。

我们没有理会空袭警报，它不重要。我们不怕那样子死去。但是后来空袭不停地持续下去，看来这不是平常的空袭——报纸还未得到报道实情的许可，但是每个人都知道。它就是我们一直在担心的那个新玩意儿。莫里斯下楼去看地下室里有没有人——他担心我出事，我也担心他出事。我预感到会发生什么事情。

他走了还没到两分钟，街上就发生了爆炸。他的屋子不在临街的那一侧，所以除了房门被气浪冲开，墙上掉下些灰泥以外，别的倒并没有什么。但是我知道炸弹落地时他正在房子朝街的那一面。我走下楼梯：楼梯上散落着垃圾和折断的栏杆，凌乱不堪，门厅里也是一片狼藉。开始时我没有看到莫里斯，后来我看到门下面伸出来他的一只手臂。我摸了摸他的手：我可以发誓说那是一个死人的手。两人相爱时，他们的亲吻里缺不缺少温情这一点都是掩盖不住的。我摸他的手时，如果上面还有哪怕一点点活气的话，我会辨认不出来吗？我知道，如果我握住他的手，把它往我这边拉的话，它就会离开他的身体，自己从门下面滑出来。当然现在我知道：自己当时之所以那么想，只是因为情绪太激动，有点歇斯底里。我受骗了。他并没有死。一个人该对他在歇斯底里情况下所许诺的东西，或者所违背的诺言负责吗？此刻，在写下所有这一切的时候，我就正处于一种歇斯底里的状态之中。然而四周却连一个哪怕能让我与之说一声自己不快乐的人都没有，因为他们会问我为什么，于是问题就会开始，而我便会精神崩溃。我绝不能精神崩溃，因为我必须保护亨利。噢，让亨利见鬼去吧，让亨利见鬼去吧。我想要一个能接受真实的我，而不是需要我保护的人。如果我是个婊子和骗子，那么难道就不会有爱婊子和骗子的人吗？

我在地板上跪下。我这么做真是疯了：这样的事是我小时候都不用做的——父母亲从来不相信祷告，就像我现在也不相信一样。我不知道该说些什么。莫里斯死了，消亡了。灵魂这样的东西是没有的。此刻，就连我给他的那些半是半不是的快乐也像鲜血一样从他身上流尽了。他再也不会有机会快乐了。对谁我都可以这么想：另外一个人会比我更有能力爱他，使他更加快乐，可是现在莫里斯不会再有这样的机会了。我跪在那儿，把头抵在床上，希望自己能够相信天主。亲爱的主，我说——为什么是亲爱的，为什么是亲爱的呢？——让我信你吧。我无法信你，让我信你吧。我说：我是个婊子、骗子，我恨自己。我什么也无法自己做到。让我信你吧。我双目紧闭，用两手的指甲使劲掐自己的掌心，一直掐到除了疼痛外自己再也没有别的感觉为止。我说：我会信你，让他活着吧，我会信你。给他一个机会，让他有自己的快乐吧。你这样做我就信你。但是这样祷告是不够的，这样信天主也太轻松了。于是我说：我爱他，如果你能让他活过来，我什么都愿意做。我非常缓慢地说：我会永远放弃他，只要能让他侥幸活下来就行。我的指甲掐了又掐，已经能够感觉到掌心的皮肤掐破了。我说：人们可以在彼此不相见的情况下去爱，不是吗？他们看不到你，但是一辈子都爱你。这时候他从门口进来了，他活着。当时我想，没有他的痛苦开始了，但愿他重新躺到门下安安稳稳地死了才好。

1944年7月9日

同亨利赶八点三十分的火车。头等车厢里空无一人。亨利读着王室专门调查委员会的公报。在帕丁顿车站坐出租车，把亨利送到部里。要他保证晚上回家。出租车司机弄错了路，把我送到了公共草坪的南面，汽车从14号门前开过。门已经修好，临街的窗户用木板封了起来。死亡的体验真是可怕，你无论如何也会想再活过来。到了北面以后，发现有许多没有给我转投到乡下的旧信件，因为我告诉过他们"什么都不要转投"。另外还有旧的图书目录、旧账单和一封上面写有"急！请转投"字样的信。我想把信拆开，看看自己是否还活着，但最后却把它同图书目录一块儿撕碎了。

3

1944年7月10日

我想，如果碰巧在公共草坪上遇见莫里斯的话，自己就不算食言了。所以早餐后我就出了门，午餐以后和傍晚时分我又再次出去，四处转悠，但就是见不着他。六点以后我就不能再待在外面了，因为亨利请了客人来吃晚饭。同六月份时一样，演讲者们又到这里来了。那个脸上有黑斑的男人还在抨击基督教，但是没人注意他的演讲。我心里想：他要是能说服我不必为自己并不信的某个人践约就好了。我走过去听他讲了一会儿，但始终是边听边东张西望，生怕莫里斯露面了而自己却没看见。那人谈起福音书产生的时间，还提到最早的福音书如何到了基督诞生一百年之后才出现。我从未想到福音书成书的年代有那么早，不过我看不出传说里的东西何年何月问世这一点到底有多重要。那人接着又告诉我们说：在福音书里，基督从未自称自己是神。可是到底有没有基督这个人？跟我等莫里斯左等右等等不来的痛苦比起来，福音书又算什么大事呢？一位头发花白的女人正在向人们散发演讲人的小名片，上面印着理查德·斯迈思的名字以及他在雪松路住宅的地址。演讲人邀请人们（任何人都可以）去同他进行私下交谈。一些人拒绝接受名片，径直走开了，就好像那位妇人是在募捐似的。另外一些人则随手把名片扔在草坪上（我看见妇人从地上拾起来一些，我想她是为了不浪费吧）。这情景让人非常难过。演讲人脸上那些可怕的黑斑，他所作的无人感兴趣的演讲以及那些被人扔在地上的名片——这一切就像是一个人主动向别人示好，却遭到了拒绝一样。我把递给我的那张名片装进口袋，并且希望演讲人能看到自己的举动。

威廉·马洛克爵士过来吃晚饭。他曾是劳埃德·乔治①的国民保险制度顾问之一，年纪很大，地位显要。亨利如今自然已不再同养老金打什么交道，但他对于这个话题依然抱有兴趣，并且喜欢回忆那段日子。当初我和莫里斯第一次共进晚餐，然后一切就那么开始了。那会儿，亨利干的不正是同失去丈夫的妇女的养老金有关的活儿吗？这当儿，亨利与马洛克开始了一场其中充满了统计数字的漫长争论。争论的主题是：假如遗孀养老金再增加一先令的话，能不能达到十年前的水平。他俩在生活费用数额的问题上各持己见。这场争论并无多少实际意义，因为两人都承认：无论争论的结果如何，国家都不可能有财力来提高养老金标准。我曾经不得不与亨利在家庭安全保障部的上司聊过一回，可是除了V-1飞弹外，我实在想不出有什么别的话好同他说。突然间，

---

① 大卫·劳埃德·乔治（David Loyd George, 1863—1945），英国首相（1916—1922），任财政大臣（1908—1915）期间率先实施了社会福利政策。

我产生了一种渴望，想告诉每一个人说：我走下楼梯时，就发现莫里斯被埋起来了。我想说：当时我自然是赤身裸体的，因为没来得及穿衣服。如果我这么说的话，威廉·马洛克爵士会不会转过头来？或者亨利会不会听到我的话？他有除了正在与别人交谈的话题以外什么也听不见的好本领，而当时他正与人交谈的话题是一九四三年的生活费用指数。我想告诉他说：那会儿我正一丝不挂，因为莫里斯和我整个晚上都在做爱。

我看了看亨利的上司，他是一个名叫邓斯坦的人，长着一只断了鼻梁骨的鼻子，一张扁脸活像是制陶工人不小心做砸了而无法出口的作品。我想他这个人只会笑，而不会生气或者表现出冷漠——他会把那种事看作是人之常情的。我有一种感觉，觉得自己只要对他稍有表示，他便会作出响应。我自问道：为何不这样做呢？为何我就不该逃离这片沙漠呢？就是半小时也行啊。除了莫里斯以外，我并没对什么不认识的人做过承诺。我只对莫里斯的事做过承诺。我不能就这么孤零零地同亨利过完下半辈子，没有人爱慕我，没有人为我激动，就这么一边听着亨利同别人说话，一边像切达①洞穴里那顶圆顶呢帽一样在滴滴嗒嗒的交谈声中慢慢变成化石。

1944年7月15日

与邓斯坦在法式美食园吃了午饭。他说……

---

① 英国西南部萨默塞特郡一小城，多丘陵，有史前遗址。

1944年7月21日

邓斯坦来家中等候亨利,同他喝了几杯茶。事情正在不断地进行……

1944年7月22日

和邓一起吃过晚饭,随后他又来到家中喝了一杯。可是这没有用,没有用。

1944年7月23日至30日

邓打来电话。告诉他我外出了。我同亨利开始旅行,去英格兰南部考察民防,同各地的民防队长和市镇工程师们商讨问题,爆炸问题、深层掩体问题,都是些死人装活人的问题。一晚又一晚,亨利和我并肩躺在床上,活像坟墓上的两个幽灵。在比格威尔海滨一座新加固好的防空洞里,当地的民防队长吻了我。当时亨利与市长、工程师们走在前面,进了第二个洞室。我叫住了民防队长,摸了摸他的臂膀,问了他一个关于钢制上下床的傻问题:为什么这里没有供夫妇们使用的双人床?我是想要他亲吻我。他扳过我的身子,把我抵在一张床架上开始吻我。我后背抵住床架的那块地方感到一阵刺痛。随后,我便笑着回吻了他,这使他大感惊讶。可所有这些都没有用,难道这样做再也不会奏效了吗?这时候,市长和亨利转了回来。市长说:"必要时,我们这里可容纳两百号人。"晚上,当亨利还在出席官方宴会时,我要接线员帮我接莫里斯的电话。我躺在床上等着电话接通。我对天主说：我信守承诺已有六周了，我不能信你，也不能爱你，但我信守了自己的承诺。如果不能恢复生气的话，我就会变成一个荡妇，仅仅是一个荡妇。我会存心故意地毁掉自己。每过一年，我都会对此道变得更加习以为常。你是否宁愿看到我那样，也不愿意我违背诺言呢？到那时候，我会像那些陪酒女郎一样，被三个男人围着，浪笑不已，并且不带感情地抚摸他们。此时此刻，我的身心已在崩溃。

我把听筒夹在肩膀上，听到接线员说："我们正在接通你的号码。"于是我对天主说：如果他接了电话，我明天就回去。我清楚地知道莫里斯的电话机摆在床边什么位置。有一次睡梦中，我一拳挥出去，正好把它捅到了地上。这时候听筒里传来了一位姑娘的声音："喂？"我差点把电话挂上。我愿意莫里斯生活得幸福，可是我愿意他这么快就找到了幸福吗？我有点伤心，后来总算恢复了理智，听凭理智劝解道：为什么他就不该这样呢？你离开他不正是希望他幸福吗？于是我对那位姑娘说："我能同莫里斯先生讲话吗？"但是一切都已变得毫无意义，可能莫里斯现在根本就不再想要我违背诺言了：也许他已经找到了一个人，她愿意和他一起生活、一起吃饭，同他一块儿外出，每晚陪他睡觉，同他甜甜蜜蜜地过日子，再也难以分开了，而且还为他接电话。这时候，我听到电话那头那个姑娘的声音在说："本德里克斯不在，他已经走了好几个星期。我是借住在这套房子里的。"

我挂上了电话，开始我感到很高兴，过后又难过起来。我不知道他在哪里。我们失去了联系。我们在同一片沙漠里，在寻找的也许是同一眼泉水，但相互看不见，总是孤零零的一个人。我之所以这么说，是因为要是我们在一起的话，沙漠就不再会是沙漠了。我对天主说："那么事情就是这样了。我开始信你，而如果我开始信你的话，我就会恨你。我有违背自己诺言的自由意志，对吧？但是我没有通过违背诺言来获得好处的能力。你让我打了电话，然后又在我面前关上了门。你让我犯下罪孽，但又拿走了我罪孽的果实。你让我跟邓私奔，但又不让我享受它。你让我把爱情赶了出去，然后又说欲望我也不能有。现在你又指望我做些什么呢，天主？我从这里出发该上哪儿去呢？"

做学生的时候，我曾听人说过一个国王——他是亨利家族中的一员①，就是派人去谋杀贝克特的那一个——他在看到自己的出生之地被敌人烧毁时发誓说（因为天主对他做了这些）："因为你夺走了我最爱的小城——我生于斯长于斯的地方，所以我要从你那儿夺走我身上你最爱的东西。"真奇怪，十六年之后我还能记得这句祷告。七百年前，一位国王在马背上发下了这句誓言，而此刻，在滨海的比格威尔市一家饭店——王室比格威尔饭店——的客房里，我也在做着同样的祷告。主啊，我会从你那里夺走我身上你最爱的东西。我从来也没有背会主祷文②，可是我却记得这句话——这是一句祷词吗？夺走我身上你最爱的东西。

你最爱的是什么呢？如果信你的话，我想自己会相信不朽的

---

① 指英格兰国王亨利二世（1133—1189），出生于法国，金雀花王朝创始人。亨利二世企图控制教会，遭到贝克特大主教的反对，1170年12月29日，指派四名骑士将其杀死。
② 基督教最常用的一篇祈祷文，出自《马太福音》与《路加福音》，起首句为："我们在天上的父。"

灵魂，可那是你爱的东西吗？你真的能在我们的皮囊里看到灵魂吗？即使是天主，也不可能去爱他所看不见的东西。他看我的时候，能看到什么我自己看不见的东西吗？如果他能爱它的话，这件东西必定是可爱的。要我相信自己身上有什么可爱之处，这要求可太高了。我想要男人们欣赏我，但那只不过是你在学校里学会的一点把戏而已——眉来眼去，说话时带点特别的腔调，用手碰碰人家的肩膀或者脑袋什么的。他们如果觉得你欣赏他们，也就会因为你的好眼力而欣赏你。而当他们欣赏你时，你便会一时虚妄地以为自己身上真有什么可赞可赏之处。我一辈子都竭力生活在这种幻觉之中——它是一帖安慰剂，能让我忘掉自己是个婊子和骗子。那么在婊子和骗子身上你该会爱上些什么呢？你在哪儿能找到他们所说的那种不朽的灵魂？你在我身上——不是这个人，也不是那个人，而偏偏是我——身上的什么地方能看到这种可爱的东西呢？你在亨利——我是说我认识的亨利——身上能找到这种东西。他脾气温和，为人善良，富有耐心。你在莫里斯身上也能发现这种东西，他觉得自己会恨会爱，但其实始终抱有一颗爱人之心，即便对自己的敌人也是如此。这些我都能理解。可是在我这个婊子和骗子身上，你哪里能找到什么可爱之处呢？

告诉我这个，天主，这样我就可以动手把它永远地从你身边夺走。

那个国王是怎样履行自己的誓言的？我真希望自己还记得。关于他，我只记得他让修士们在圣贝克特的墓前用鞭子抽打他，再多的就记不起来了。但听起来这并不像是确切的答案。鞭打这件事情一定发生在那之前①。

　　今晚亨利又不在家。如果我去酒吧里挑个男人，把他带到沙滩上，同他一起在沙丘之间躺下，这样不就等于是在从你身边夺走你最爱的东西吗？可是这样做没有用，它再也不会有用了。如果我自己不能从中获得任何乐趣的话，我这样做便不会让你有任何的难过。与其如此，我还不如像沙漠里那些人所做的那样，用针刺自己。沙漠。我想做点自己喜欢而又能让你难受的事情。不然的话，岂不是太苦自己了。这么说才像是信主的表示呢。相信我吧，主啊，我还没信你呢，我还没信你呢。

----

① 1172年5月，亨利二世迫于舆论压力与教会和解，赤身走到坎特伯雷大教堂，受教众鞭笞。全盛时期，金雀花王朝控制着法国西部大部分领土，1173—1174年，法国爆发大起义。故，亨利二世受鞭笞在其家乡被毁之前。——编者注

4

1944年9月12日

在彼得·琼斯店里吃午饭，给亨利的书房买了盏新台灯。一餐被其他女人包围、拘谨的午饭。到处见不到男人，活像是在队伍里当兵。几乎有一种安宁的感觉。过后去皮卡迪利大街上一家新开的专放新闻片的影院，看了诺曼底的废墟和一位美国政治家的到访。七点亨利回来以前无事可做。独自喝了两杯酒。不该这样。我是不是也得把酒给戒了呢？但是如果什么都去掉的话，我该怎么活着呢？我是个爱莫里斯，但同别的男人鬼混，还喜欢自己喝酒的人。要是你把所有使你之所以成为你自己的东西都丢掉的话，那事情会变成什么样子呢？亨利进来了。我看得出他有点开心的事：他显然想让我来问他是什么事，但我就是不问。所以他最后不得不自己告诉我："他们推荐我为'大英帝国官佐勋章'的获勋候选人。"

"那是什么东西？"我问道。

我对这个勋衔的无知让他感到失望。他解释说：过一两年，

138

等他当上大臣时，下一个级别的勋衔将是"大英帝国司令勋章"。"再往后，"他说，"等我退休时，他们很可能会给我一个'大英帝国爵级司令勋章'。"

"这弄得人很糊涂，"我说，"你不能只盯着一个吗？"

"你难道不想当迈尔斯爵士夫人①吗？"亨利反问道。我生气地想：我在这个世界上唯一想当的就是本德里克斯太太，但是我已经永远打消了这份希望。迈尔斯爵士夫人——没情人，不喝酒，只同威廉·马洛克爵士谈论养老金的迈尔斯爵士夫人。到了那份上，我自己又该在哪儿呢？

昨天夜里，亨利睡着的时候，我看着他。只要我是法律上认为是有过错的那一方，我便会带着一腔柔情望着他，就好像他是个需要我保护的孩子。而当我是他们称之为无辜的那一方时，我便会被他弄得一直要发疯。他有个秘书，有时会打电话到家里来找他。她会说："噢，迈尔斯太太，H.M.②在吗？"所有当秘书的都会使用这种仅仅表示友善而非亲密，却让人受不了的简称。H.M.，我边看着他睡觉边想，H.M.，英王陛下与英王陛下的配偶。有时候，他在睡梦中会笑，是公务员们特有的那种谦逊、短促的微笑，就好像是在说：不错，很有意思，不过现在我们最好

① 英国授勋及嘉奖制度规定：获得"英帝国爵级司令勋章"的英国或英联邦成员国国公民算取得骑士爵位，允许在自己的名字后面加上"爵士/女爵士"（Sir/Dame）头衔；"爵士"的配偶则被称为"爵士夫人"（Lady）。
② "亨利·迈尔斯"（Henry Miles）名字的首字母缩写，也是"英王陛下"（His Majesty）、"女王陛下"（Her Majesty）或"王后陛下"（Her Majesty）三个称呼的首字母缩写。

接着干活了，是吧？

有一次我问他："你同秘书有过那种事吗？"

"哪种事？"

"风流事。"

"没有，当然没有。你怎么会想到这个？"

"不知道，我只是纳闷。"

"我从没爱过别的女人。"说完他便读起晚报来。我不禁想：难道自己的丈夫就这么缺少魅力，以至于从没有哪个女人想要他吗？当然啦，我除外。在某种程度上，我自己一定曾经想要他过，但我忘了原因。那时候我太年轻，不知道自己在选择什么。这真不公平。我爱莫里斯时，也爱亨利，而现在，当我是他们所说的好女人时，我却谁也不爱了，而且最不爱的是你。

5

1945年5月8日

晚上步行去圣詹姆斯公园，看他们庆祝欧战胜利日①。王室骑兵卫队和王宫之间的水面被泛光灯照亮，水边很安静。没有人叫喊或者歌唱，也没有人喝醉酒。人们手拉手，一对对地坐在草坪上。我想他们很快乐，因为和平来了，再也不会有炸弹了。我对亨利说："我不喜欢和平。"

"我在想：不知上面会把我从家庭安全保障部调到什么地方去呢。"

"情报部？"我竭力表现出很感兴趣的样子。

"不，不，我不会接受，那里尽是些临时当差的公务员。你觉得内政部怎么样？"

"哪儿都行，亨利，只要你满意。"我说。随后国王一家出来站到了阳台上，群众十分得体地唱起歌来。国王一家并非是希特勒、斯大林、丘吉尔、罗斯福那样的领袖人物：他们只是一个

---

① 1945年5月8日，纳粹德国宣布投降，正式签订投降书，这天就被定为欧战胜利日。

没有伤害过任何人的家庭。我希望有莫里斯在自己身边。我想重新开始。我也想成为一个家庭的成员。

"很感人，是吧，"亨利说，"唔，现在我们大家夜里都能安安静静地睡觉了。"听他的口气，就好像我们夜里除了安安静静睡觉以外还做过别的什么事儿似的。

1945年9月10日

我得有点理智。两天前，我清理旧皮包里的东西（因为亨利突然送了只新皮包给我，当作"和平的礼物"）时，发现了一张名片，上面印着："理查德·斯迈思，雪松路16号，每日下午四时到六时进行私人咨询。欢迎任何人前来。"我想：自己已经被折腾得够久了，现在得去吃点别的药了。如果他能够说服我相信：什么事也没发生，我的誓言不算数，我就写信给莫里斯，问他想不想再继续下去。或许我甚至会离开亨利。我不知道。但是首先我得有点理智才是。我再也不能歇斯底里了。我要通情达理。于是我去按了雪松路上的门铃。

此刻我正尽力回忆当时的情景。斯迈思小姐沏了茶。喝完茶后她便离开了，留下我同她哥哥单独待在一起。他问我的问题是什么。我坐在一张印花布面沙发上，他则坐在一把硬邦邦的椅子上，腿上抱着一只猫。他抚摸着猫。他的手很漂亮，但我不喜欢它们。我对他脸上的黑斑差不多还更喜欢些，但是他设法调整自己坐的角度，让我只能看到他完好的那侧脸颊。

我说："你能不能告诉我，你为什么这么肯定没有天主？"

他看着自己那双正在抚摸着猫的手。我替他遗憾，因为他能引以为豪的只有自己的双手。要是他的脸上没黑斑的话，或许他就根本不会有这份自豪了。

"你听过我在公共草坪上发表的演讲吧？"

"听过。"我说。

"在那儿我只能用非常简单的方式来讨论问题，以便激励人们自己开动脑筋去思考。你自己开始思考了吗？"

"我想是这样。"

"你信什么教长大的？"

"什么教也没信。"

"这么说你不是基督徒？"

"我也许受过洗礼——这只是风俗习惯，不是吗？"

"如果你并无什么信仰的话，那为何还要我的帮助呢？"

到底为什么呢？我不能告诉他莫里斯被压在门下的事情，还有我发过的誓言，现在还不能。这还不是问题的全部，因为自出生到现在，我发过多少誓言，又违背过多少誓言，怎见得这个誓言就能坚守不变？这情形有点像是你的朋友送你一只难看的花瓶，你等着保姆哪天不小心把它砸了。时间过了一年又一年，保姆把你宝贝的东西砸了一件又一件，可那只难看的花瓶却依旧安然无恙地立在那里。我到这会儿还没认真面对他的问题，所以他不得不又重新问了一遍。

我说："我不能肯定自己不信神，不过我并不想信。"

"说给我听听。"他说。因为急于要给别人帮助，他忘掉了自己，忘掉了自己那双漂亮的手，并且把他难看的那半边脸转向了我。正因为这样，我发现自己开始说话了——说到了那天晚上，那颗落下的炸弹，还有我那愚蠢的誓言。

"你真的相信，"他说，"或许就是……"

"是这样。"

"想一想全世界成千上万此刻正在祷告的人吧，他们的祷告都没有得到回应。"

"巴勒斯坦有成千上万的人奄奄一息，当时拉撒路①……"

"我们——我是说你和我——并不相信这个故事，对吧？"他用一种同我串通一气似的口吻说道。

"当然不相信，不过有成千上万的人是信的。他们一定认为这样做很有道理……"

"人若是动了感情，就并不要求一件事情有道理。情人之间就说不上什么道理，对不对？"

"你是不是能把爱情也说成是不存在的？"我问。

"噢，是的，"他说，"对某些人来说，它和贪婪一样，是一种占有欲；对另外一些人来说，它则是一种想要丢掉责任感的投降欲，一种想受到别人欣赏的愿望。有时候，它只是那种想说说话、想把自己的包袱卸下来丢给一个不会嫌烦的人的愿望，想再找到一个父亲或者母亲的欲望。当然在所有这些之下，还有生物学上的动因。"

---

① 《圣经·新约全书·路加福音》中的一个病丐，在世时受尽苦难，死后进入天堂。

我想，这说得都对，但在这些之外，难道就没有一点别的什么东西吗？我一直在自己身上，也在莫里斯身上发掘这种东西，只是我的铁锹还未铲到下面的石头。"那么对神的爱呢？"我问他。

"也完全一样。人照着自己的形象创造了神，所以自然会爱他。你知道集市上那些把人照得变形的哈哈镜。人还造了一面美化自己的镜子，在里面看到自己可爱、有力量、正直，而且聪明。这是他心目中的自己，他在这面镜子里比在哈哈镜里更容易认出自己。哈哈镜只是逗他哈哈大笑而已，而这面镜子里的自己却是多么招他爱啊。"

他谈到哈哈镜和美化镜时，我记不得我们都说了些什么，因为我想到了他自青春期以来曾经有过多少次这样的经历：他照着镜子，竭力想用注意头部姿态的简单方法来使里面的形象显得漂亮而不变形。我感到纳闷：他为什么不留一大把胡子，把脸上的黑斑遮起来呢？是因为黑斑上长不出胡子来，还是因为他憎恨欺骗？我有一种模糊的感觉，觉得他是一个真正热爱真理的人，但这么一来又说到"爱"上去了。他对于真理的爱可以分解成多种欲望，这一点实在是再明显不过的事情了。补偿生理缺陷的欲望，获得力量的欲望，由于自己那张魔鬼附着的可怜面孔从来不会激起别人身体上的欲望，因而变得益发强烈的想得到别人欣赏的愿望。我非常想去摸一摸他的面孔，用同创伤本身一样恒久的爱的话语去抚慰它。这与我看到莫里斯被压在门下时的情形有点相似。我想祈祷：想尽可能作出某种奉献，只要能够帮助他的创伤愈合就行，但现在我的身上再也没有剩下什么可供奉献的东西了。

"我亲爱的，"他说，"还是不要把神扯进来吧。这只是你的情人还是你的丈夫的问题。不要把事物同它的幻影混为一谈。"

"但如果没有爱这种东西的话，我又怎么才能断定呢？"

"你必须断定归根到底最能让人幸福的东西是什么？"

"你相信幸福吗？"

"我不相信任何绝对的东西。"

我想他所能得到的唯一幸福就是这个：想到自己能够给人以安慰、劝告和帮助，想到自己能有点用处。这种想法驱使他每个星期都到公共草坪上去，同那些从来没有问题问他、躲开他、把他的名片扔到草皮上的人谈话。要隔多久才会有什么人真的像我今天这样跑来找他呢？我问他："有很多人来找你吗？"

"没有。"他说。他对于真理的爱胜过对于自己自尊的爱。"你是第一个——很长一段时间里的第一个。"

"同你谈话很愉快，"我说，"你让我的头脑清楚了不少。"满足他的幻想——这是别人能够给予他的唯一安慰了。

他腼腆地说："你如果能抽出时间来的话，我们可以真正从头开始，追本溯源。我指的是哲学上的争论和历史上的证据。"

我想自己的回答一定有点模棱两可，因为他又继续说道："这实在很重要。我们绝不能轻视自己的敌人。他们是有理由为自己辩护的。"

"他们有理由？"

"并非很站得住脚的理由，只是表面看有点道理而已。是貌似有理，其实不然。"

　　他带着焦虑的神情看着我。我想他是在担心，我是否也会是那些走开的人当中的一个。他紧张地、似乎有点多此一举地问我："一周一小时，这会给你很大的帮助。"我想：我现在不是有这么多时间吗？我可以看书或者看电影，但看书时书上的字句看不进去，看电影时电影上的画面也记不住。我自己和我自己的苦楚鼓点般地在我耳边响个不停，塞满了我的整个视野。而今天下午却有这么一小会儿时间，我把这些都给忘了。"行，"我说，"我来。谢谢你抽时间给我。"我这么说着，把自己能抱有的一切希望一股脑儿都放到了他身上，并向他许诺要像祛病一样帮我祛除掉的神祷告："让我能对他有用吧。"

1945年10月2日

　　今天天气很热，天上淅淅沥沥地下着雨。于是我走到帕克街拐角上那座昏暗的教堂里坐了一会儿。亨利在家，我不想看到他。我尽量记着吃早饭时对他体贴一点，中午他回来吃午饭时对他体贴一点，吃晚饭时也对他体贴一点。有时候我会忘记这么做，而他就会反过来体贴我。两个一辈子相互体贴的人。我走进教堂，坐下来环顾四周，发现这是一座罗马天主教堂，里面放满了石膏像和拙劣的艺术品，写实风格的艺术品。我恨那些石膏像、那个十字架，恨所有那些强调人的躯体的东西。我正在竭力逃脱躯体以及躯体所需要的一切。我想我可以相信某种与我们自身没有关系的神明，某种混沌的、没有固定形状的、宇宙性的东西。我已经向这种东西发下了某种誓言，而它也给了我某种回报——那就是把我从混沌之中拉扯成形，变成同在椅子和墙壁之间飘荡着的浓密水汽一样具体的活人。有一天，我也将会变成这团水汽的一部分——我将会永远地逃离自己。于是我来到帕克街这座昏暗的教堂里，看到了四周圣坛上立着的所有那些躯体——那些带着洋洋自得的面容的讨厌的石膏像。我记得他们相信躯体（我想永远摧毁的躯体）的复活。我已经做了这么多加害于这具躯体的事情，怎么可能再会有永久保存它的任何一部分的念头呢？忽然间，我想起了理查德说过的一句话——他说人类发明了教条，为的是满足自己的欲望。我想他的话真是大错而特错。如果我要发明教条的话，那么这个教条将会是这样：躯体绝不再生，它得同去年的蛆虫一块儿烂掉。人的思想是多么容易在一个极端与另一个极端之间摇摆不定啊，这点真是奇怪。真理是否就在摆的摆动范围内的某一个点上，在它永远不会滞留的某一个点上？不是待在像没有受到风吹的旗帜最后耷拉下来构成的那样一条单调乏味的垂线的中点上，而是待在离一个极端近些、离另一个极端远些的某个方位基点上？只要有什么奇迹能让摆在六十度角处停下来，人们便会相信：真理就在那儿。没错，今天摆就摆动了起来，我想到了莫里斯的躯体，而不是自己的躯体。我想到了生活在他脸上刻下的某些纹路，这些纹路就像他笔下的字体一样具有个人色彩。我想到了他肩膀上的一块新伤疤。要不是因为那次他试图保护另一个人的身体不被一堵倒下的墙砸伤的话，那块伤疤本来是不会有的。他没告诉我那三天他为何待在医院里，是亨利告诉我的。那块伤疤就像他的嫉妒一样，是他性格的一部分。我因此想到：我想让这具躯体成为水汽吗？（对自己的躯体我是想这样，但是对他的躯体呢？）我知道自己想要那块伤疤永远存在，但是我所化成的那团水汽能够爱那块伤疤吗？于是我开始想要自己所憎恨的躯体了，不过这只是为了让它能够去爱那块伤疤。我们可以用自己的心灵去爱，但是我们能够仅仅用自己的心灵去爱吗？爱始终在延展着自己，所以我们甚至可以用自己那没有知觉的指甲去爱：我们甚至还能用自己的衣服去爱，于是就连衣袖都可以去感觉另一只衣袖。

我想：理查德是对的，我们之所以发明出躯体复活的教条，是因为我们确实需要自己的躯体。于是，我马上便承认他说得对：躯体复活是一个我们为了安慰自己而相互传诵的童话，我一点也不再讨厌那些石膏像了。它们就像汉斯·安徒生童话书里那些拙劣的彩色图画，就像一些写得很糟糕的诗歌，但是需要有人，需要有那些没有骄傲到把自己的愚蠢掩藏起来，而不是暴露出来的人去写它们。我向教堂深处走去，一座座地打量着那些石膏像：在其中最蹩脚的一座像——我不知道上面塑的是谁——的前面，有一个中年男子正在祈祷。他把自己的圆顶礼帽放在身边，礼帽里有几根用纸裹着的芹菜。

祭坛上当然也有一具躯体——它是如此面熟（比莫里斯的躯体还要面熟），以至于以往我从未想到过它是一具躯体，有着一具躯体会有的所有部位，就连藏在围腰布下面的部位它都有。我记得和亨利一同去过一座西班牙教堂，教堂里有一座雕像。用深红色颜料做成的鲜血从像上人物的两眼和双手上流淌下来。那座雕像让我感到恶心。亨利想让我欣赏那些十二世纪时建造的柱子，但是我感到恶心，只想走到外面去。我想：这些人喜欢残酷。而水汽就不会用鲜血和号叫来让你心惊肉跳。

走到外面的广场上以后，我对亨利说："我受不了那些用颜料画出来的伤口。"亨利说得很有道理——他总是很有道理。他说："当然啦，这是一种非常物质主义的信仰，有很多巫术的成分……"

"巫术是物质主义的吗？"我问道。

"是的。像水螈的眼睛啦，青蛙的脚趾啦，一生下来就被掐死的婴儿的手指啦，等等，没有什么比这些更物质的了。做弥撒时，他们仍然相信圣餐变体的说法①。"

这些我都知道，但是我想巫术早在宗教改革时期就多多少少已经开始衰亡了（穷人中间自然又另当别论）。亨利纠正了我的想法（他是多么经常地帮我理清那些混乱的思想）。"物质主义并不只是穷人们才会有的一种处世态度，"他说，"有些头脑一流的人也是物质主义者，比如像帕斯卡②和纽曼③。他们在某些方面非常精巧细腻，但在其他方面则是赤裸裸的迷信。有一天也许我们会明白个中缘由的，那大概是他们腺体功能有缺损的缘故

---

① 天主教神学理论，认为弥撒仪式中，面饼和葡萄酒经神父祝圣以后就变成了耶稣的身体和血。
② 布莱士·帕斯卡（Blaise Pascal，1623—1662），法国数学家、物理学家和哲学家。
③ 约翰·亨利·纽曼（John Henry Newman，1801—1890），英国神学家与作家，英国圣公会领袖，后改奉天主教。

吧。"

　　所以今天看着那个物质的十字架上物质的躯体时，我心里就在想：世人怎么可能把一团水汽钉在那上面呢？水汽当然不会感到疼痛和快乐。想象它能够响应我的祷告——这只不过是我的迷信而已。亲爱的主啊，我曾经这么说过。我本来该说，亲爱的水汽啊。我说过自己恨你，但是人能恨一团水汽吗？我可以恨十字架上的那具塑像以及它要我感激的态度——"我为你而受此刑"，而水汽……可是理查德信仰的东西甚至比水汽还要少。他恨虚构的故事，他同虚构故事作斗争，他挺认真地对待虚构故事。我则无法去恨汉塞尔和格雷特尔①，我无法像理查德恨天堂的传说那样去恨汉塞尔和格雷特尔的糖屋子。小时候，我会恨《白雪公主》童话里那个恶毒的王后，可是理查德并不恨他自己童话里的魔鬼。魔鬼不存在，天主也不存在，可是理查德所有的恨都冲着好童话，而并不针对坏童话，这是为什么？我抬头望着那具太过熟悉的躯体，它展开双臂，经受着人们想象中的痛苦，它像一个睡着的人那样垂着脑袋。我想：有时候我恨莫里斯，但如果我不也爱他的话，我还会恨他吗？噢，天主啊，如果我真的能恨你的话，那又意味着什么呢？

　　我自忖道：说到底，我是一个物质主义者吗？我是不是有某种类型的腺体功能缺损，以至于对于一些真正重要的、不是迷信的东西与事业——像济贫事业委员会啦，生活费用指数啦，让劳工阶级每天能摄入更多的热量啦什么的——是如此地缺乏兴趣？

---

① 德国民间文学家和语言学家格林兄弟所编《格林童话》中的人物。

我相信那个身边放着圆顶礼帽的男人、构成那具十字架的金属以及我这双不能用来祷告的手都独立地存在着——是否因为相信这些，我就是一个物质主义者呢？假设天主确实存在，假设他就是同那具躯体一样的躯体，那么相信他的躯体同我的躯体一样存在又有什么不对呢？如果他没有躯体的话，谁能够爱他或者恨他呢？我不能爱一团是莫里斯的水汽。这么说很粗俗，很野蛮，很物质主义，这我知道；但我为何就不能粗俗、野蛮、物质主义呢？我满腔怒火地走出了教堂。为了藐视亨利和一切超然物外的、有道理的东西，我做了一件在西班牙教堂里看到人们做过的事情：我用手指蘸了一下所谓的"圣水"，然后在自己的前额上画了个十字。

6

1946年1月10日

今晚我没法耐着性子待在家里，所以便冒雨出了门。我记得那回我用手指掐自己掌心的事情。当时我并不知道自己在这么做，但是我掐的时候你却在痛苦地扭动。我说"让他活着吧"，但这么说的时候我并不相信你。我的不信没有影响你。你像接受祭品一样，用自己的爱接受了我的祈祷。今天晚上，雨水淋透了我的大衣和里面的衣服，冻得我直打哆嗦。我第一次觉得有了近乎于爱你的感觉。我冒雨在你的窗下漫步，我想整夜都待在你的窗下，只是为了表示我到底还是可以学会爱的；我不再怕沙漠了，因为你在那儿。我回到家时，莫里斯正和亨利待在一起。你把他还来，这已经是第二次了：第一次的时候，我曾经恨你这样做，而你却像接受我的不信一样，用自己的爱接受了我的恨，并把这种恨保存下来，供我日后观赏，以便届时我们都能够开怀大笑——就像有时候我笑莫里斯那样，边笑边说道："你还记得那时候我们有多傻吗？……"

7

1946年1月18日

两年来第一次和莫里斯在一块儿吃午饭——我打了电话请他见我。我坐的公共汽车在斯托克韦尔塞了车，结果我迟到了十分钟。有一会儿，我又有了往日里总会有的那种害怕的感觉，害怕会出点什么事情，把这一天给弄糟，害怕他会对我发火。不过现在我已经没有了自己先发火的欲望。发火的习性似乎同我身上许多其他的东西一样，已经死去了。我想见到他，问问他亨利的事情。亨利近来表现反常。他同莫里斯一块儿外出去酒馆喝酒，这事很奇怪。他平常只在家中或者自己加入的俱乐部里喝酒。我想他或许和莫里斯谈过。如果他是在为我而担心，那可真怪了。自打我们结婚以来，再也没有什么比现在更不用担心的时候了。不过我同莫里斯待在一起时，同他待在一起的理由似乎就是要同他待在一起，除此之外再没什么别的理由。而对于同亨利待在一起的理由我却始终也没能搞清楚。他不时地试图让我感到难受，并且他成功了，因为他是在让自己难受，而我看着他让自己难受就会真的受不了。

我和莫里斯吃午饭，是不是破坏了自己当时发下的那个誓言呢？一年前我会这么想，但现在不会。那时候我很刻板，因为我害怕，因为我不知道问题在哪儿，因为我对爱情没有信心。我们在鲁尔斯吃了午饭。只要同他在一起，我就感到高兴。只有一小会儿我不高兴。在那个阴沟盖上道别时，我觉得他想再吻我。我渴望他的吻，但当时我突然咳嗽起来，结果时机就过去了。我知道，他走开时心里一定在想着种种不真实的东西，并因为这些东西而感到难受，而我则因为他感到难受了，自己也很难受。

我想背着人哭一场，于是便去了国家美术馆，但那天是一周里向学生开放的日子——人太多，所以我又回到了仕女巷，走进那座光线总是太暗，让你看不清邻座的教堂。我在里面坐下来。教堂里除了我和一个走进来在后面一排长椅上默默祷告的小个子男人外空空荡荡。我记得头一回进这种教堂时，自己曾经多么地讨厌它。我没有祷告。我已经因为祷告太多次而吃够苦头了。我像对父亲——如果我能记得自己有过父亲的话——说话那样对天主说道：亲爱的主啊，我累了。

1946年2月3日

今天看到了莫里斯，但他没看见我。他正在去庞蒂弗拉克特徽章酒馆的路上，我跟在他身后。我已经在雪松路上花了一小时——冗长乏味的一小时——试图听懂可怜的理查德所说的那些道理，但从中得到的却是一种信仰颠倒的感觉。难道有谁能对一个传说如此当真，并为它而如此争论不休吗？当我真的听懂什么的时候，那东西总是某个我所不知道的事实，而在我看来，那个事实又几乎总是无助于证明他有道理，比如说像表明基督确有其人的证据之类。我疲惫而又绝望地从他那里走出来。我上他那儿去，为的是想请他帮我摆脱一种迷信，但每次我去时，他的狂热都使我的迷信更加根深蒂固。我在帮助他，但他并没在帮助我。或许也可能他是在帮助我？有一个小时的光景，我几乎没去想莫里斯，可是后来他突然出现了，正在街尽头的地方过马路。

我一路尾随着他，不让他离开视线。我们一起去过庞蒂弗拉克特徽章酒馆这么多次，我知道他会去哪个吧台，要点什么。我在想：我是不是该跟在他身后进去，自己要一份东西，看着他转过身来，然后等待着一切重新开始呢？那样一来，早晨就会充满希望，因为亨利一走，我就可以给他打电话；而傍晚也堪可期待，如果亨利提前告诉我说他要晚点回家的话。而且现在我可能会离开亨利。我会尽自己最大的努力去做。我没有钱能带给莫里斯，而他写书所挣的钱除了养活他自己外也剩不下多少，但是有我的帮助，光是打打字，我们一年也该能攒下个五十镑来。我不怕穷。有时候量入为出比胡乱开支、自作自受更容易。

我站在那家酒馆门口，看着他走进了酒吧。我对天主说：如果他转身看到我，我就进去，但他并没有转过身子。我开始往家走，但脑子里无法做到不去想他。我俩之间形同陌路差不多已有两年时间。我不知道一天里某个具体的时刻他都在做些什么，可现在他已不再是陌路人了，因为我像以往一样知道他在什么地方。他会再喝上一杯啤酒，然后回到那间熟悉的屋子里去写作。他每天的习惯一如既往，我爱它们，就像一个人爱一件旧衣服一样。我觉得自己被他的这些习惯保护着。我从来也不想要新奇怪异的东西。

我想：我会让他多么快乐呵，而且我是多么容易地就能做到这一点。我重新开始渴望看到他快乐地大笑。亨利不在家。他同人约好了中午下班后一起吃午饭，他又打电话回来，说晚上要到七点钟才能到家。我会等到六点半，然后我就给莫里斯打电话。我会说：我今天晚上和从今以后的每一天晚上都会去你那儿。对没有你的生活，我已经厌倦了。我要收拾东西，把它们装到那只蓝色的大衣箱和那只棕色的小提箱里。我要带上足够度一个月假期穿的衣服。亨利是个文雅的人，到一个月末了时，涉及法律方面的事情就会办妥，当下的怨恨会过去，家里需要的其他东西我可以慢慢来拿。怨恨不会很多：我们两人并非好像还是一对情侣似的，婚姻早已变成了友谊。稍稍过上一段时间后，友谊会像从前一样继续下去。

我顿时有了一种解脱和快乐的感觉。我再也不去担心你了，穿过公共草坪时我这么对天主说，不管你是存在还是不存在，不管你是否会再给莫里斯第二次机会，也不管这一切是否都是我的凭空想象。也许这是我为他要求的第二次机会。我要让他快乐，这是我的第二个誓言，天主，你要是能够阻止我的话就阻止我，你要是能够阻止我的话就阻止我。

我上楼到自己的房间里去给亨利写信。"心爱的亨利……"

我写道，但这听上去很虚伪。"最亲爱的"则是一句谎言，所以得用一个像是称呼熟人用的称呼："亲爱的亨利……"于是我这样写道："亲爱的亨利，恐怕这对你来说会是一个不小的打击，但在过去的五年里，我一直爱着莫里斯·本德里克斯。我们有两年时间没有见面，也没有通信，但是没有用。没有他我无法快乐地生活，所以我走了。我知道很长一段时间以来，自己没有怎么尽到一个做妻子的本分，而且自一九四四年六月以后，我也完全没有能做一个情人，所以我周围的每个人过得都不好。我一度以为自己可以让这份恋情就这么维系着，相信它会慢慢地、以大家都满意的方式结束，然而事情的发展却并非如此。我比一九三九年时更爱莫里斯。我想自己一直太过幼稚，但是现在我意识到：一个人迟早要作出选择，不然就会把各方面的事情都弄糟。再见了，天主保佑你。"我重重地划掉了"天主保佑你"这一句，让它看不出来。这句话听上去有点自以为是的味道，说到底，亨利并不信天主。接下来我想写上"爱你的"，但这个词儿听起来不太合适，尽管我知道它是真实的。我的确是在以自己拙劣的方式爱着亨利。

我把信装进信封，在上面写上"纯粹私函"的字样。我想这样可以提醒亨利，让他别当着别人的面拆开信——因为他可能会领朋友到家里来，而我不想让他的自尊心受到伤害。我拖出箱子，开始装东西，尔后又突然想到：我把信放到哪儿去了？信我马上就找到了，但转念又想：万一匆忙之中我忘了把它放到门厅里，而亨利等我回家左等右等等不到怎么办？于是我又拿着信下楼，把它放在门厅里。我的行装差不多快收拾完了——只有一件晚礼服需要叠起来，亨利还要再过半小时才会到家。

我刚把信放到门厅桌上下午送到的邮件的最上面，就听到了钥匙开门的声音。我赶忙把信又抓了起来，我不知道自己为何这样做。随后亨利进来了。他看上去满脸病容，一副心烦意乱的样子。他说了句"哦，你在这里？"，便径直从我身边走过，进了自己的书房。我愣了一会儿，随后便跟着他也进了书房。我想，现在得把信交给他了：这需要更大的勇气。推开书房门以后，我看到他连取暖炉都没开，正坐在炉边自己的椅子上，他在哭泣。

"怎么啦，亨利？"我问他。他说："没什么，只是头痛得厉害而已。"

我替他点着了取暖炉，说："我去给你拿点温格宁来。"

"不用了，"他说，"已经好点了。"

"你今天怎么样？"

"噢，同以往差不多，有点累。"

"同谁在一块儿吃的午饭？"

"同本德里克斯。"

"本德里克斯？"我问。

"怎么就不能是本德里克斯？他在他的俱乐部里请我吃的午饭。是顿糟糕的饭。"

我走到他身后，用一只手搭在他的额头上。在永远离开他以前做出这样的举动很奇怪。我们刚结婚时，他曾经对我做出过这样的举动。当时，因为什么事都不太对头，我患上了严重的神经性头痛。有一会儿我竟然忘了：当时自己只会装着被这种办法治好了的样子。他抬起手，用力地把我的手按在他的额头上。"我爱你，"他说，"你知道吗？"

"我知道。"我说。我本来可以恨他说这句话的——它就像是一个要求。你如果真的爱我，我想，你就会表现得像任何一个受到伤害的丈夫一样。你会发怒，而你的怒火就会让我自由了。

"我不能没有你。"他说。噢，你可以没有我的，我想表示异议。你会不太方便，但你可以没有我。有一次你换订了一份报纸，你自己很快就习惯了它。这只是一个按常规办事的丈夫按常规说出的话而已，它完全没有任何意义。之后我抬起头来看了一下镜子里面他的脸，发现他还在哭。

"亨利，"我问道，"出什么事了？"

"没什么事，我告诉过你了。"

"我不相信你的话。办公室里出什么事了吗？"

他用我不太熟悉的气呼呼的口气说："那儿能出什么事？"

"本德里克斯有什么地方让你心烦了吗？"

"当然没有，他怎么会呢？"

我想把他的手拿开，但他坚持把手放在那儿。我害怕他下面会说的话，害怕他会加诸我良心的难以承受的重负。莫里斯此刻已经到家了——要不是亨利进来的话，再过五分钟我就应该能和他在一起了。我该会看到快乐，而不是苦恼。你如果没有见过苦恼的话，是不会相信它的。你可以从远处给任何一个人带去痛苦。亨利说："我亲爱的，我不是个好丈夫。"

"我不懂你的意思。"我说。

"我对你来说枯燥无味。我的朋友们也枯燥无味。我们俩已经不再——你知道——在一起做什么事情了。"

我说："不管谁同谁结婚，这种事情最后都会停止的。我们是好朋友。"这是我脱身的办法。他一同意我的话，我就会把信给他，告诉他我要做的事情，我就会走出家门。可他并未领会我的暗示，结果我就还留在这里。门再次对莫里斯关上了。只是这回不能怪天主，门是我自己关上的。亨利说："我怎么也没法把你想象成朋友，人没有朋友总还是能过得下去的。"他从镜子里看着我，"别离开我，萨拉。再坚持几年，我会尽力……"他说了"尽力"两个字，却想不出来要尽力做什么。唉，我要是前几年就离开他的话，对我们两人都会更好些。可是现在他在这里，我没法再打击他，而且他会一直待在这里，因为我已经看到了他痛苦时的样子。

我说："我不会离开你，我发誓。"又是一个要信守的誓言，可是誓言刚发完，我就再也无法忍受和他待在一起了。他赢了，而莫里斯输了，我因为他的得胜而恨他。要是莫里斯胜了我会不会恨他呢？我上楼去，把信撕成一小片一小片，小到谁也没法再把它们拼起来。我把箱子踢到床下，因为我太累了，无法此刻就把里面的东西取出来。我开始记下这件事情。莫里斯的痛苦融入了他的写作之中：你可以透过他写下的句子听到他神经的颤动。好吧，如果痛苦能够造就作家，那么我就正在学会做一个作家，莫里斯也是如此。我希望能同你说说，只说一次。我不能同亨利说，不能同任何人说。亲爱的主啊，让我说说吧。

昨天，我买了一个上面有殉难耶稣像的苦像十字架，十字架很便宜，也很难看，因为买它的时候我不得不很匆忙。要人家拿苦像十字架给我时，我的脸涨得通红，生怕有人会看到我在店里。他们应该像卖避孕套的商店那样，在门上装上不透明玻璃才对。等回到自己房间锁上门后，我就可以把苦像十字架从首饰盒底取出来。但愿我知道一句不是"我怎么，我怎么"的祷告词。帮帮我吧，让我快乐一点，让我早点死吧。我，我，我。

让我想想理查德脸上那些可怕的黑斑吧。让我看看亨利那张正在流泪的面孔吧。让我原谅自己吧。亲爱的主啊，我试着去爱，却把事情弄得这么一团糟。如果我爱你的话，我就会知道怎么去爱他们。我相信那个传说。我相信你曾经诞生过。我相信你为我们死去。我相信你是天主。教会我爱吧。我不在乎自己的痛苦，让我受不了的是他们的痛苦。让我的痛苦一直不断地继续下去，但是让他们的痛苦停止吧。亲爱的主啊，要是你能从自己的十字架上下来一会儿，让我爬到上面去就好了。如果我能像你一样地受难，那么我也就能像你一样地痊愈了。

1946年2月4日

亨利一天没去上班，我不知道为什么。他请我吃了午饭，然后我们去了国家美术馆。我们早早地吃了晚饭，然后去看戏。他就像是个到学校来接孩子的家长，而其实呢，他自己就是那个孩子。

1946年2月5日

亨利正在计划我们春天去国外度假的事儿。他拿不定主意，是该去法国卢瓦河沿岸看城堡呢，还是去德国，做一个有关盟军飞机轰炸下德国人精神面貌的调查报告。我一点也不希望春天的到来。我又开始了：我希望，我不希望。如果我能爱你的话，那么我也就能爱亨利。天主是人创造的。他是眼睛散光的亨利，脸上有黑斑的理查德，而不仅仅是莫里斯。要是我能爱麻风病人身上的溃疡的话，还不能爱亨利叫人厌倦的无趣吗？问题在于：如果真有麻风病人在这里的话，我想我会像躲开亨利一样地躲开他的。我总是想要让人兴奋的东西。我想自己还没有准备好去经受你的指尖所经受的痛苦，我受不了一天二十四小时同地图和《米其林导游手册》打交道的日子。亲爱的主啊，我不争气。我还是那个婊子和骗子，让我滚蛋吧。

1946年2月6日

今天我和理查德之间出现了糟糕的一幕。他在给我讲基督教各教会之间的矛盾，我尽量在听，但听得不太用心。他察觉到了，便突然对我说："你上这儿来是干什么的？"我没管住自己的舌头，脱口而出道："来看你。"

"我想你是来学习的。"他说。我告诉他，我说来看他就是这个意思。

我知道他不相信我的话，我觉得他的自尊心会受伤，他会生气，然而他却一点也没生气。他从自己坐着的那把蒙着印花布套的椅子上站起来，走到我身边，在蒙着印花布套的沙发上我看不见他脸颊的那一侧挨着我坐下。他说："每个星期看到你，这对我来说很重要。"于是我知道，他要向我求爱了。他搂着我的腰问道："你喜欢我吗？"

"是的，理查德，当然喜欢，"我说，"不然我就不会在这儿了。"

"你愿意同我结婚吗？"他问。他的自尊心使得他问此话的口气跟问我要不要再喝一杯茶的口气差不了多少。

"亨利可能会反对。"我答道，想对他的问题一笑置之。

"什么都不能让你离开亨利吗？"我生气地想：如果为了莫里斯我都没有离开他的话，那么天知道为何为了你我就该离开他呢？

"我已经结婚了。"

"这对你我都毫不重要。"

"噢，这很重要。"我说。反正迟早我都要告诉他这一点，"我信天主，还有所有其他的东西。你们教会了我这样做，你和莫里斯。"

"我不明白。"

"你老是说，是神父们教会了你不信神，那么事情反过来也行得通。"

他看着自己那双漂亮的手——这些是他还有的东西。他缓缓地说："我不在乎你信什么。你尽管去信那一整套愚蠢的把戏好了，我不管。我爱你，萨拉。"

"对不起。"我说。

"我对你的爱胜过对所有那些东西的恨。如果你为我生了孩子，我会放手让你去腐蚀他们的。"

"你不该这么说。"

"我不是个有钱的人。放弃自己的信仰：这是我能够提供的唯一贿赂了。"

"我爱的是别人，理查德。"

"如果你觉得自己受着那个愚蠢的誓言约束的话，那么你就不可能对他有太多的爱情。"

我没精打采地说："我尽了最大的努力去打破那个誓言，但是没有用。"

"你认为我是个傻瓜吗？"

"我为什么要这样认为？"

"傻到会指望你会去爱一个长着这种东西的人？"他边说边把自己糟糕的那侧脸颊转向了我。"你信天主，"他说，"这个很容易。你长得美，你没什么可抱怨的，但是我为何要去爱一个给他孩子这种东西的天主呢？"

"亲爱的理查德，"我说，"这并非什么太不好的……"我闭上双眼，把嘴唇贴在他那侧脸颊上。有一会儿我感到恶心，因为我害怕残缺畸形的东西。他静静地坐着，让我亲吻他。我想自己正在亲吻痛苦，而痛苦属于你，正如快乐从不属于你一样。我爱痛苦中的你。我几乎能在他的皮肤上尝到金属和盐的味道。我想：你是多么的好啊，你本可以用快乐杀死我们，但你却让我们在痛苦中与你同在。

我感觉到他突然把脸挪开了，于是睁开了眼睛。他说："再见。"

"再见，理查德。"

"别再来了，"他说，"我不能忍受你的怜悯。"

"这并不是怜悯。"

"我让自己丢人现眼了。"

我走了。继续待下去没有任何益处。我无法让他知道：我羡慕他，羡慕他那样脸上带着痛苦的标记，每天能在镜中看到你，而不是我们称作"美"的这个人间俗物。

1946年2月10日

我不必给你写信或者对你说话，这就是不久前我开始给你写信，又自觉惭愧，最后把信撕了的原因，因为任何事情在我想到以前，你便已全然知晓，而我还要给你写信，这看起来太愚蠢可笑。我在爱你以前是不是同样地爱莫里斯？抑或我一直爱的其实是你？我在抚摸他的时候，是否就是在抚摸你？如果我没有先抚摸他——用我抚摸亨利，或者任何其他人时都没有用过的方式抚摸他——的话，我会抚摸你吗？莫里斯爱我，他也用抚摸任何别的女人时从未用过的方式抚摸我。但他爱的是我，还是你呢？因为他恨我身上那些你所恨的东西。他自己不知道，但他一直是站在你那边的。你想要我们分开，但他也想要这样。他用自己的怒火和嫉妒促成了这种结果，他也用自己的爱促成了这种结果，因为他给了我那么多的爱，而我也给了他那么多的爱，以至于恋情结束之后，我们很快就除你之外一无所有了。我们两人都是这样。本来我可以用一生的时间来爱，一次只花掉一点，在此处和彼处，在这个男人或者那个男人身上省着用。但是甚至在帕丁顿车站附近那家旅馆里头一次幽会的时候，我们就已经花完了我们所有的一切。你在那儿，教导我们大肆挥霍，就像你教导富人们所做的那样，以便有朝一日，我们会除了对你的这份爱之外别无所有。但是你对我太好了。我向你要求痛苦时，你却给了我安宁。也给他这个吧，把我的安宁给他——他更需要。

1946年2月12日

两天前，我有一种如此强烈的安宁、平静和爱情的感觉。生活又要变得快乐起来了，可是昨天夜里我做梦，梦见自己在爬一段很长的楼梯，去见楼上的莫里斯。那时候，我依然是快乐的，因为爬到楼梯顶上后我们会做爱。我大声告诉他我来了，但回答我的却不是莫里斯，而是一个陌生人的声音。那声音像大雾天里向迷航船只发警报的雾号一样低沉地、嗡嗡地响着，让我感到害怕。我以为他把房间租给了别人，自己已经走了。我不知道他人在哪里。我重新走下楼梯时，大水漫过了我的腰际，门厅里迷漫着浓雾。随后我醒了。我再也不觉得安宁，我真想像以往一样地要他。我想同他一块儿吃三明治。我想同他一块儿在酒吧里喝酒。我很累，我不想再要任何痛苦了。我要莫里斯。我要平平常常的、堕落的、凡人的爱。亲爱的主，你知道我想要你的痛苦，可我不想现在就要。把它拿开一会儿，下次再给我吧。

第四部

1

我再也读不下去了。当日记里的某段内容让我感到太难过时，我总是一再跳过去不读。我想找到有关邓斯坦的情况，尽管我并不想找到那么多。不过，在我往下读的时候，这些情况就像历史上某个沉闷的日子一样渐渐远去，它们已经没有什么现时的意义。最后剩下的一则日记写了只有一星期："我要莫里斯。我要平平常常的、堕落的、凡人的爱。"

我想：我所能给你的一切就是这个。我不知道还有什么别的样子的爱。但是如果你以为我已经把这种爱都挥霍尽了，那就错了，因为还有足够多的部分剩下来，可供我们两人生活所用。我想到她往衣箱里装行李的那一天，当时我正坐在这里工作，不知道幸福离我是如此之近。我很高兴自己当时不知道，也很高兴自己现在能够知道。现在我可以采取行动了。邓斯坦没有关系，空袭警报员也没有关系。我走到电话机前，拨了她的号码。

保姆接了电话。我说："我是本德里克斯先生，我要同迈尔斯太太说话。"保姆叫我别挂断。在等待听到萨拉的声音时，我觉得自己就像跑长跑跑到终点时那样喘不过气来。可是听筒里传来的却是保姆告诉我说迈尔斯太太不在家的声音。不知道为什么，我不信她的话。我等了五分钟，然后用手帕把话筒紧紧蒙上，再次打电话过去。

"迈尔斯先生在家吗？"

"不在，先生。"

"那么我能同迈尔斯太太说话吗？我是威廉·马洛克爵士。"

稍稍等了一小会儿，就听到了萨拉接电话的声音："晚上好，我是迈尔斯太太。"

"听得出，"我说，"我听得出你的声音，萨拉。"

"是你……我还以为……"

"萨拉，"我说，"我马上过来看你。"

"不，请别来。听着，莫里斯。我正躺在床上。我是在床上跟你说话。"

"这样更好。"

"别犯傻，莫里斯。我是说我病了。"

"那你必须见我。你怎么啦，萨拉？"

"哦，没什么，是重感冒。听着，莫里斯。"她一字一句地说，语气活像一个家庭女教师，让我听了很生气，"请不要来，我不能见你。"

"我爱你，萨拉，我来了。"

"我不会在这里的，我会起来。"我想，跑步的话，我四分钟就可以穿过公共草坪，届时她会连衣服都还来不及穿好。"我会吩咐保姆不让任何人进来。"

"她可没有酒吧雇来撵人的保镖那样的身板，而我是要被撵才会走的，萨拉。"

"求求你，莫里斯……我在求你。我很久没求过你什么了。"

"除了一顿午餐。"

"莫里斯，我身体不太舒服。我只是今天不能见你。下个星期……"

"已经过了多少多少个星期了。我想现在就见到你，就今天晚上。"

"为什么呢，莫里斯？"

"你爱我。"

"你怎么知道？"

"这你别问。我想要你离开家，到我这儿来。"

"可是，莫里斯，我在电话上也一样能够回答你的话。我的回答是'不'。"

"在电话上我摸不到你，萨拉。"

"莫里斯，我亲爱的，求求你。答应我不过来。"

"我马上就过来。"

"听着，莫里斯。我病得很厉害，今天晚上非常痛。我不想爬起来。"

"你不用爬起来。"

"我发誓：我会爬起来穿上衣服离开家，除非你答应……"

"萨拉，这件事对你我两人来说都比感冒更重要。"

"求你了，莫里斯，求你了。亨利马上就要到家了。"

"让他到家好了。"说完我便挂上了电话。

　　这天晚上的天气比一个月前我遇到亨利的那个晚上还要糟。这回不是下雨，而是雨夹雪了：雨水已经一半变成雪，有棱有角的霰粒像是在穿过你的雨衣纽扣眼一个劲往里钻；它们遮暗了公共草坪上的路灯光，所以跑步是不可能的了，况且由于腿的缘故，我也实在跑不快。我真希望自己带上了那只战时使用的手电筒，因为等我赶到公共草坪北侧那栋小楼时，时间已经过了八分钟。我刚准备离开人行道过马路时，楼门开了，萨拉从里面走出来。我高兴地想道：现在我总算拥有她了。我绝对肯定地相信：不等今夜过完，我们就会重新睡在一起。一旦此事再续，一切便皆有可能了。在此之前我一直不了解她，也从没像现在这样爱过她。我想这是因为我们越了解彼此就越相爱。我又回到了信任的土地上。

　　她走得太匆忙，没看到我正顶着雨雪从宽阔的马路对面过来。出门后她便向左拐弯，疾步离开了。我想她会需要找个地方坐下的，那时候我就可以捉住她了。我在她身后二十米远的地方跟着，可是她连头都没回过一次。她绕过公共草坪，走过池塘和那家遭到轰炸的书店，样子像是要去地铁。好吧，如果有必要，就是在拥挤的地铁车厢里同她谈也行，我已经作好了这样做的准备。她下了地铁站台阶，一直走到售票处。可是她没有随身带包，在衣袋里翻了半天也没找到零钱——连三个半便士的硬币也没有。如果有这三个半便士的话，她就可以待在地铁里来来回回地旅行到半夜。她重又爬上台阶，穿过跑着有轨电车的马路。一个狐穴已被堵住，但是狐狸显然又想到了另外一个洞穴。我感到得意洋洋。她很害怕，不过不是怕我。她害怕的是她自己，以及我们见面时会发生的事情。我自觉已在这场角逐中取胜，可以可怜可怜我的牺牲品而不用担心会有什么闪失了。我想对她说，别担心，没有什么可怕的，我们两人很快都会幸福的。噩梦差不多已经过去了。

　　就在这时候，她失去了踪影。我过于自信，让她在我前面走得远了点。她在前方二十米开外的地方过了马路（上台阶时那条不方便的腿再次把我耽搁了），一辆有轨电车在我们两人之间驶过，随后她人就不见了。她可能是往左拐上了高街，也可能是沿着帕克街往前走远了，可是顺着帕克街望过去我又看不到她。我倒并不很担心——今天找不到她，那就明天找。那个关于誓言的荒唐故事现在我原原本本都知道了，对于她的爱情我已经有了底，可以对她放心了。两个人如果相爱，就会在一起睡觉。这是一个已经得到人类经验检验和证实的数学公式。

　　高街上有一家泡腾面包公司开的连锁店。我在那里找了一下，她不在。随后我想起了帕克街拐角处的那座教堂，我马上就知道她准是去了那里，于是便追踪而去。果然，她正坐在一边的侧廊上，身旁是一根立柱和一尊奇丑无比的圣母像。她没在祷告，只是闭着两眼坐在那儿。我只能借着圣母像面前的烛光看到她，因为整个教堂里的光线十分昏暗。我像帕基斯先生一样在她身后坐下等着。既然现在我已知道故事的结局，那么当初我完全可以等上几年的。我身上又湿又冷，但心里非常快乐。我甚至能够带着一份仁爱的心情看看远处的祭坛和悬在那里的那具雕像了。我想：我和雕像她两个都爱，可要是一具偶像和一个人之间发生冲突的话，我知道哪一个会赢的。我可以把手放在她的大腿上，或者把嘴唇贴在她的胸脯上；而他却被囚禁在祭坛后面，没有什么好法子来为自己的缘由辩护。

突然间，她用一只手捂住肋部，开始咳嗽起来。我知道她很难受，我不能让她一个人难受，所以便挪到她身边坐下。她咳嗽时，我把一只手放在她的膝头。我想，如果自己手一点便能消除她的病痛就好了。咳完了那阵以后，她说："请你让我一个人待着吧。"

"我绝不会再让你一个人待着。"我说。

"怎么啦，莫里斯？那天吃午饭时你可不是这个样子。"

"那天我心里有怨恨，我不知道你爱我。"

"你凭什么认为我爱你？"她这么问，却听凭我的手搁在她膝盖上。于是我便把帕基斯先生如何偷走她日记的事情告诉了她——现在我可再也不想我俩之间有什么假话了。

"这样做不好。"她说。

"不好。"刚一说完她又咳嗽起来，咳完之后，她精疲力竭地把肩膀靠在我身上。

"我亲爱的，"我说，"现在一切都结束了，我指的是等待。我们会一起离开的。"

"不。"她说。

我搂住她，抚摸着她的乳房。"我们就从这儿重新开始，"我说，"我曾经是个糟糕的情人，萨拉。这都是因为缺乏安全感造成的。我不相信你，我对你了解得不够。但是现在我有安全感了。"

她沉默不语，但依然靠着我，像是赞同我的话。我说："我告诉你最好怎么办吧。回家去，在床上躺两天——你不必这样带着感冒去旅行。我每天给你打电话，看看你情况怎么样。等你身体恢复以后，我再来帮你收拾东西。我们不在这里待。我在多塞特郡①的一个表亲有座空着的乡间小屋，我可以用。我们上那儿去住几个星期，休息一下。我该能把我的书写完。我们可以过后再去见律师。我们两人都需要休息。我很累，对于没有你的生活，我已经厌倦透了，萨拉。"

"我也一样。"她说话的声音如此之低，要不是因为我对这句话很熟悉，我会听不出她说的是什么。自从帕丁顿旅馆里那第一次做爱之后，这句话就像广播节目开头的信号曲一样，自始至终回响在我们的关系里："我也一样"的孤独、痛苦、失望、快乐和沮丧；这是一句要求与你分担与分享一切的声明。

"钱会比较紧，"我说，"但不会太紧。出版社已经约我写一部《戈登②将军传》，预付的稿酬足够我们手头宽松地过上三个

---

① 位于英格兰西南部，临近英吉利海峡。
② 查尔斯·乔治·戈登（Charles George Gordon, 1835—1885），英国殖民军将领，曾参与英法联军进攻北京，火烧圆明园，镇压太平军；任苏丹总督时在喀土穆战役中被苏丹起义军击毙。

月。那时我的小说就可以交稿了，而且可以为此得到一笔预付稿酬。两本书今年都会出版，它们应该够我们过到下一本书准备就绪的时候。有你在，我就能工作了。你知道，现在的每时每刻都可能是我出头的时候。我迟早会成为一个俗不可耐的成功人士。你会讨厌这一点，我也会讨厌这一点，但是我们可以买东西，可以阔一阔，这会很有意思，因为我们要待在一起。"

猛然间，我意识到她睡着了。她匆匆跑出来，弄得筋疲力尽。此刻，就像以往在出租汽车上，在公共汽车里，在公园长椅上有过的那么多次一样，她枕着我的肩膀睡着了。我一动不动地坐在那里，不去吵醒她。在光线昏暗的教堂里，没有什么东西可以惊扰她。圣母像周围的烛光摇曳不定，教堂里再无别人。我的上臂被她的身体压得渐渐酸痛起来，这是我平生有过的最大快感。

据说，在酣睡中的孩子耳边悄声低语说的话会对他们产生影响，于是我开始悄悄地对萨拉耳语起来，声音低低的，不会吵醒她，心里希望自己的话能像催眠曲一样沉到她的无意识里。"我爱你，萨拉，"我低语道，"以前绝不会有谁像我爱你一样爱得这么深。我们会幸福的。亨利只是自尊心受到了伤害，别的并不会在乎。自尊心的伤口很快就会愈合。他会给自己找到一种新的生活习惯，用它来取代你的位置——或许他会开始集古钱希腊币。我们会离开的，萨拉，我们会离开。现在谁也没法阻拦我们。你爱我，萨拉。"说到这儿我停住了，开始考虑是否该买一只新的旅行箱。这时候萨拉咳嗽着醒了过来。

"我睡着了。"她说。

"现在你得回家了，萨拉，你身上冰凉冰凉的。"

"那不是家，莫里斯，"她说，"我不想离开这儿。"

"这里很冷啊。"

"我不在乎冷。这里还很黑呢，在黑暗里，我什么都会相信。"

"相信我们自己吧。"

"我就是这个意思。"说着她又闭上了眼睛。我抬头望着祭坛，心里感到得意洋洋，就好像自己是他[1]的一个对手似的。我一边思忖着：你瞧见了吧，这才是辩得赢的道理呢，一边用手指轻轻抚摸着她的乳房。

"很累吧？"我问她。

"非常累。"

"你不该这么跑着躲开我。"

"我要躲开的并不是你。"她挪动了一下肩膀，"求求你，莫里斯，现在你走吧。"

"你该躺在床上。"

"我很快就会的。我不想同你一起回去，只想在这里同你说再见。"

"答应我，别在这儿待得太久。"

"我答应你。"

"你会给我打电话吗？"

她点点头，但是，我垂下目光看她搁在大腿上的那只像是件

---

[1] 指祭坛上的耶稣受难像。

什么被遗弃的东西似的手时，却发现她的食指和中指交叉着①。我怀疑地问道："你对我说的是真话？"我用自己的手指把她那交叉着的食指和中指掰开，说："你该不会又在盘算着怎么躲开我吧？"

"莫里斯，亲爱的莫里斯，"她说，"我没这个力气了呀。"她像孩子似的用拳头抵住眼睛哭了起来。

"对不起，"她说，"走吧。求求你了，莫里斯。行行好。"

我总算是机关用尽，把她折磨到头了。听到她这般苦苦的哀求，我再也不能继续折磨她了。我吻了吻她那坚韧的、打着结的头发，吻完之后就感觉到她那带着咸味、上面沾着什么东西的嘴唇贴到了我的嘴角上。"天主保佑你。"她说。我想，这是她在给亨利的信里面写上后又划掉的话。别人同我们道再见，我们也就回别人一声再见，除非我们是斯迈思。我把她的祝福重复一遍送回给她时做得颇为勉强，但转身离开教堂时看到她蜷缩在烛光光晕的边上，活像一个从外面进来寻找一点热气的乞丐的样子，我便能够去想象一位保佑她或者爱她的神明了。当初开始写我们的故事时，我自以为是在作一篇有关恨的记事，但是写着写着，恨却不知道被忘到什么地方去了。我所知道的一切就是：尽管她有错，尽管她不可靠，但还是要比大部分人都好。我们当中不妨有谁能够信信她——要知道，她从来就没有信过自己。

---

① 表示祈求愿望实现或者减轻说谎的罪过。

2

接下来的几天时间里，我得费很大劲才能保持理智。现在我是在为我们两人工作。早上，我给自己定下了规矩：小说最少要写上七百五十个字，不过一般到十一点钟时，我都能写完一千字。希望的力量之大真是惊人。去年拖了一年的小说现在眼看就要写完了。我知道，亨利九点半左右动身去上班，萨拉最可能打电话来的时间是九点半到十二点半之间。亨利已经开始回家吃午饭了（帕基斯是这么告诉我的）；三点钟以前，萨拉没有机会再打电话来。十一点以后，我会修改一下当天写好的东西，再写写信，一直到十二点半。这时候，我会暂时从期待中解脱出来，只是心情很沮丧。两点半以前，我可以在大英博物馆的阅览室里消磨时间，为《戈登将军传》做笔记。读书和做笔记时，我没法像写小说时那样专注，有关萨拉的思绪会时不时地钻到戈登的中国远征经历和我之间。为什么会请我来写这部传记？这个问题常令我感到不解。他们挑选一个相信戈登所信的天主的作者来写这本书会更好些。我可以欣赏戈登在喀土穆战役中所作的顽强抵抗——还有他对那些安安稳稳待在家里的政客的痛恨，但搁在我书桌上的那本圣经却是属于一个同我的思想大相径庭的世界的。或许那家出版商指望我对戈登基督徒身份所作的玩世不恭的处理会引起公愤，让我臭名远扬。我可不想让他开心——戈登信的这位天主也是萨拉的天主，我才不会去攻击萨拉相信自己爱着的任何幻影。在那段时间里，我一点也不恨她的天主，因为事实最终不是已经证明了我比天主还要强大吗？

一天，我正在吃三明治，我那支笔迹不易擦掉的化学铅笔不知为何老是会戳到三明治上面去。这时候，对面传来了一个熟悉的声音。那人用出于对干我们这个行当的人的尊敬而压低了的嗓门招呼道："我希望现在一切都正常了，先生，如果您能原谅我的打扰的话。"

我隔着桌子望过去，便看到了那撇让人难以忘却的小胡子。

"很正常，帕基斯，谢谢你。违反规矩来块三明治？"

"噢，不了，先生，我不能……"

"来吧，权当它是工作开销好了。"他不太情愿地拿了块三明治，把它打开，惊讶地说，"里面是真正的火腿。"那模样就像是他接受了人家一枚硬币，结果竟发现它是一块金币似的。

"我的出版商从美国给我寄了听罐头。"

"您太客气了，先生。"

"我还存着你的烟灰缸呢，帕基斯。"我压低了嗓门，因为邻座的人已经抬起头来在生气地瞪着我。

"它只不过是有点儿情感上的价值罢了。"他也压低了嗓门回答我。

"你儿子怎么样？"

"脾气有点躁，先生。"

"没想到会在这儿碰上你。是在上班？你该不会是在盯我们两人当中哪一个的梢吧？"阅览室里尽是些灰头土脸的人——那几个头戴帽子、围着围巾、躲到屋里来取暖的男人，那个在苦读乔治·艾略特①全集的印度人，还有那个每天都把脑袋埋在同一堆书旁睡觉的男人，我无法想象他们当中有谁会同争风吃醋的闹剧有关系。

"哦，不，先生，这不是上班，今天我休息，孩子今天在上学。"

"你在读什么？"

"《泰晤士法律报告集》，先生，今天我在读拉塞尔的案子。这些东西会给你的工作提供某种背景，先生，很开眼界。它们能把你从日常琐事中间拉出来。我认识这桩案子里的一个证人，先生。我们曾在一间办公室里工作。唔，他已经载入史册了，而我永远也没可能了。"

"噢，这个可说不准，帕基斯。"

"这点我知道，先生，让人泄气的就是这个。我能办的最大案子就是波尔顿案了。法律禁止出版离婚案里牵扯到的证据材料，这对于我这个行当的人来说是个打击。法官提到我们的时候

---

① 乔治·艾略特（George Eliet，1819—1880），英国女作家，代表作为《亚当·比德》和《织工马南传》。

从来都不用名字，先生，他对我们的职业经常抱有偏见。"

"这我倒从来没想到。"我同情地说。

就连帕基斯都能唤醒一种渴望。看到他我就不能不想起萨拉。我乘地铁回家，希望能有个人作伴，可是当我坐在家里，心急如焚地盼望着电话铃响时，就看见同楼的房客又出去了，说今天没空。五点钟时，我拨通了萨拉的电话。但一听到电话的振铃声，我就把听筒又放了回去——也许亨利回来得早，而眼下我不能同亨利说话，因为萨拉爱我，萨拉要离开他。可是姗姗来迟的胜利与久久不去的失败一样折磨人的神经。

八天以后，电话铃才响起来。电话不是在一天中我期待的时刻打来的，因为当时还不到上午九点。我说"喂"的时候，那头答话的是亨利。

"是本德里克斯吗？"他问。他的声音听上去有点怪。我感到纳闷：是不是萨拉把事情告诉他了？

"是我。"

"出了糟糕的事情，应该让你知道。萨拉死了。"

在这样的时刻，我们的行为是多么俗套。我说："我非常遗憾，亨利。"

"你今晚有事吗？"

"没有。"

"我很希望你能过来喝一杯。我不想一个人待着。"

第五部

1

　　我同亨利一起度过了那个夜晚。那是我第一次在亨利家里睡觉。他们只有一间给客人住的屋子，萨拉在里面（她是一周前搬到里面去的，为的是咳嗽时不吵着亨利），所以我就睡在客厅里我们曾在上面做过爱的那张沙发上。我并不想在那儿过夜，但是亨利请求我这样做。

　　我们两人一定已经喝下了一瓶半威士忌。我记得亨利说："真奇怪，本德里克斯，为什么人们不会为了死去的人而嫉妒？她才去世几个小时，我就想要你同我待在一起了。"

　　"你没有什么好嫉妒的，事情很早前就结束了。"

　　"我现在并不需要这种安慰，本德里克斯。对于你俩当中的任何一个人来说，事情都从来没有结束过。我算是幸运的，这么多年来一直拥有她。你恨我吗？"

　　"我不知道，亨利。我曾以为自己恨你，但是现在我不知道。"

　　我们坐在他的书房里，没开灯。煤气取暖炉的火头很小，我们看不清彼此的面孔，所以我只能从亨利说话的声调中听出他在哭泣。昏暗中，那座《掷铁饼者》雕像上的铁饼运动员正在把铁饼掷向我们。"告诉我是怎么回事，亨利。"

"你还记得那天晚上我在公共草坪上碰到你的事吗？那是三个星期或者四个星期以前，对吧？那天晚上她得了重感冒。她一点也不想治。感冒已经波及她的肺部，而我都不知道。这种事她对谁都不说。"——连日记上都不记，我想。日记上没有一个字提到过病，她连生病的时间都没有。

"最后她病倒了，"亨利说，"但是没人能让她好好躺在床上。她不愿意找医生来——她从来就不相信他们。一星期以前，她起床出去了，天知道她上哪儿了，又都是干吗去了。她说她需要锻炼。我先到家，发现她出去了。到了九点她才回来，身上被雨淋透了，比第一次淋得还要厉害。她一定是在雨里走了好几个小时。她发了一晚上的烧，在同谁说话，我不知道是谁——不是你，也不是我，本德里克斯。过后我让她看了医生。医生说：要是早一个星期打青霉素的话，他就能救活她了。"

除了倒出更多的威士忌来往肚里灌以外，我们两人谁都无事可做。我想起了自己出钱让帕基斯去追踪的那个陌生人。有一点显然没搞错，那就是：最后还是那个陌生人赢了。不，我想，我并不恨亨利，我恨的是你，如果你存在的话。我想起了她对理查德·斯迈思说过的话，说是我教会她信天主的。到底怎么会这样的，我无论如何也不知道。但是一想到自己丢掉的东西，我也恨自己，亨利说："她是今天凌晨四点钟死的，我不在她身边。护士没有及时叫我。"

"护士现在在哪儿？"

"她很利索地做完了自己分内的事情。因为还有一个急诊，她午饭前就走了。"

"我希望能帮上你的忙。"

"你坐在这儿就是帮我。今天真是糟糕透了，本德里克斯。你知道，我从没同死亡打过交道。我一直以为自己会先死——萨拉会知道该怎么办的，如果她能同我一起待到那么久的话。说起来，这是女人的事——就像生孩子一样。"

"我想医生帮过忙吧。"

"今年冬天他特别忙。他给一家殡仪馆打了电话，不然我还真不知道该去找谁。我们从来就没有电话号码簿。可是医生没法告诉我该怎么处理她的衣服——衣柜里面都装满了。带小镜子的粉盒、香水——这些东西没法就这么扔掉……她要是有个姐妹就好了……"说到这儿他忽然停了下来，因为前门开了一下又关上，就像他说"是保姆"，而我说"是萨拉"的那个晚上一样。我们两人听着保姆上楼的脚步声。房子里只有三个人时那种空荡荡的感觉十分特别。我们喝干了杯里的威士忌，我又倒了两杯。"家里有很多东西，"亨利说，"萨拉找到了一个新渠道……"说到这儿他又打住了。每条路的尽头都站着萨拉，要躲开她，哪怕只是一小会儿，都是没有意义的。我想，你为什么要对我们这样呢？她要不是信你的话，现在还会活着，我们还会是情人。想起当初自己还不知足，我感到既伤心又奇怪。换了现在，我会高高兴兴地同亨利一起拥有她的。

我问："葬礼怎么办？"

"本德里克斯，我不知道都该做些什么。发生过一件让人十分不解的事情。她神志不清、说胡话的时候（当然这不能怪她），护士告诉我说，她不停地要求把神父找来。至少她在不停地说'父啊，父啊'，而这不可能是指她自己的父亲，因为她从来就不知道自己的生父是谁。当然啦，护士知道我们不是天主教徒。她很懂事，好言好语地把萨拉哄得平静下来。不过我还是很担忧，本德里克斯。"

我气狠狠地想：你其实可以饶了可怜的亨利。这么多年来没有你我们过得好好的，你干吗要像个没见过面的亲戚似的，忽然从地球的另一端跑来，硬是什么事情都要插上一杠子呢？

亨利说："住在伦敦，再容易不过的就是火化，这是护士告诉我的。在这之前，我一直打算在戈尔德斯绿地①办这件事。殡仪馆给火葬场打了电话，他们可以把萨拉排在后天。"

"她当时神志不清，"我说，"你不必把她的话当真。"

"我在想，是不是该找个神父问问这件事情。有这么多的事她都不说，说不定她已经成了天主教徒我也不知道。近来她的行为十分反常。"

"噢，不，亨利，她同你我一样，什么也不信。"我想让她火化掉，我想能对天主说这句话：你要是有本事，就让这具躯体复活吧。我的嫉妒同亨利的嫉妒一样，并没有随着萨拉的死而告终。我

---

① 伦敦市北部的一个地区，居民以犹太人居多。

觉得她好像还活着，正由一个比我更讨她喜欢的情人陪伴着。我多么希望能派帕基斯去追上她，斩断他们之间永恒的恋情。

"你很肯定吗？"

"很肯定，亨利。"我想自己得小心一点。我绝不能像理查德·斯迈思那样，我绝不能恨，因为我如果真的恨的话，就得要信，而一旦我信了，你同她岂不就大获成功了？说到复仇和妒嫉，它们就像是演戏：只不过是一些用来填满我大脑空间的东西，它们让我忘记她已经死了这个绝对不容置疑的事实。一周前，我只要对她说一句："你还记得我们头一回在一起那次，我身上找不出一先令的硬币来往电表里投的事情吗？"我们两人的脑海里便都会浮现出那一幕场景。而现在那幕场景却只会在我自己的脑中出现了。她已经永远地失去了有关我们两人的所有记忆，而且她似乎还通过死亡偷走了我自己的一部分。我正在失去自我。记忆就像生了坏疽的肢体一样在脱落，这是我自己的死亡开始的第一个阶段。

"我讨厌祷告和掘墓人之类的忙乱，不过如果萨拉想要这样的话，我会试着安排的。"

"婚礼她是选择在户籍登记处①举行的，"我说，"葬礼她该不会希望在教堂里举行。"

"是啊，我想是这样吧？"

"婚姻登记和火化，"我说，"应该保持一致。"昏暗中，亨利抬起头来，瞪大眼睛使劲往我这边瞧，似乎不相信我话里的

---

① 英国办理世俗婚姻手续或者死亡登记的机构。

讥讽之意。

"这些都交给我来办吧。"我提议道，就像当初在这同一间屋子里，在同一个煤气取暖炉边，我曾经提议替他去见萨维奇先生一样。

"太谢谢你了，本德里克斯。"他边说边十分小心地把最后一点威士忌均匀地倒进了我俩的酒杯。

"已经半夜了，"我说，"如果能睡的话，你得睡一会儿。"

"医生给我留了些安眠药。"他话是这么说，但还是不想马上就自己一个人待着。我完全理解他的感觉，因为我在同萨拉一起度过一天之后，也会竭力把面对自己那间孤零零的屋子的时间往后拖的。

"我老是忘记她已经死了。"亨利说。在那糟糕的一九四五年的整整一年里，我也有过同样的体验。一觉醒来时，我会忘记我们的恋情已经完结；电话上可能传来任何人的声音，但就是不会有她的声音。那时候她就像现在一样，已经死了。今年有一个月或者两个月的时间里，一个鬼魂一直在用希望来使我痛苦，但是现在鬼魂已被驱走，痛苦很快就会结束。我会每天一点点地死去，但我是多么渴望能够留住痛苦。人只要在受苦，就还在活着。

"去睡觉，亨利。"

"我怕做梦梦见她。"

"你吃下医生留的药就不会的。"

"你想来一片吗，本德里克斯？"

"不想。"

"你不会通宵不睡吧? 外面的天气可是很糟糕。"

"我不在乎天气。"

"你如果不出去的话, 我会感激不尽的。"

"我当然会待在屋子里。"

"我上楼去拿些褥子和毯子来。"

"别费心了, 亨利。"我说, 但他已经去了。我凝视着镶木地板的地面, 回忆起她发出的叫喊声的准确音色。写字台上她写信的地方散乱地放着一些什物, 这些什物当中的每一件我都能像翻译密码似的说出其意味。我暗想: 她连那块卵石都没扔掉——我们曾经觉得它的形状很可笑。它还待在那儿, 样子像一方镇纸。亨利会怎么处置它? 又会怎么处置我们两人都不喜欢的那只小酒瓶、那块被海水磨光的玻璃, 以及我在诺丁汉找到的那只木制小兔? 我是否应该把这些东西都拿走? 不然的话, 等亨利腾出空来清理房间的时候, 它们都会被扔进废纸篓。可是真要同它们作伴我又受得了吗?

我正打量这些东西时, 亨利抱着一大堆毯子进来了。"我忘记说了, 本德里克斯, 如果你有什么东西想拿走的话……我想她没有留下遗嘱。"

"谢谢你的好意。"

"我现在对爱过她的任何一个人都抱着感激之情。"

"如果可以的话, 我想拿上这块石头。"

"她存了些最古怪的东西。我给你拿了套睡衣, 本德里克斯。"

亨利忘了拿枕头。我把头枕在一个垫子上，想象着能闻到她身上的香水味道。我想要一些我再也不会有的东西——没有替代品的东西。我无法入睡。我像她曾经做过的那样，用指甲掐自己的掌心，好让疼痛来阻止自己大脑的活动。我欲望的钟摆疲惫地来回摆动，那是一种想忘却又想记住、想死去又想再苟延残喘片刻的欲望。最后我睡着了。我梦见自己正沿着牛津街往前走。我忧心忡忡，因为我得去买一件礼物。所有的店铺里都摆满了在隐蔽照明灯光照射下闪闪发亮的廉价首饰。我不时觉得自己看到了一件美丽的首饰，便朝着橱窗走去，可是就近一瞧，就会发现它同所有别的首饰一样，也是人造材料做成的——也许是只奇丑无比的翠鸟，上面有两只试图仿冒红宝石效果的绯红色眼珠。时间很紧，我匆匆忙忙地从一家铺子走到另一家铺子。后来萨拉从一家店铺里走了出来，我知道她会帮助我。"你买东西了吗，萨拉？""没在这儿买，"她说，"不过前面的店里有一些可爱的小瓶子。"

"我没时间了，"我央求她，"帮帮我，我得找到点什么，因为明天是生日。"

"别担心，"她说，"总会碰到点什么的，别担心。"于是我一下子就不担心了。牛津街的尽头伸向一大片雾霭茫茫的灰色田野。我赤着双脚，一个人在露水里走。我在一道浅浅的车辙上绊了一下，惊醒过来，醒来时耳畔还响着那句话——"别担心。"它就像是埋进我耳朵里的一句低语，一个属于童年时代里夏日的声音。

到了吃早餐的时候，亨利还在睡着。帕基斯收买的那个保姆用托盘给我端来了咖啡和烤面包。她把窗帘拉开，外面的雨夹雪已经变成了茫茫大雪。我依然睡眼惺忪，迷迷糊糊地沉浸在睡梦所带来的满足感中。看到保姆的两眼因为先前流过泪而发红，我颇感意外。"出什么事了吗，莫德？"我问道。保姆放下托盘，气呼呼地走了出去，这时我才醒过来，面对着空荡荡的房屋和空荡荡的世界。我爬上楼，往亨利的房间里看了看。他吃了安眠药，此刻还在熟睡着，脸上像只狗似的挂着微笑，让我看了羡慕不已。随后我独自下了楼，试着去吃自己那份烤面包片。

门铃响了，我听见保姆引着什么人上了楼——我想是殡仪馆的人，因为能听到客房的门被推开的声音。这会儿来人该会看到她已经死了。我还没去看过她，也不想去看，就像我不会想去看她依偎在别的男人怀抱里一样。有些男人也许觉得看死人很刺激，我可不会。谁也别想让我去替死神拉皮条。我打起精神来，心想：既然一切都真的完结了，我就得重新开始。我坠入过一次情网，还可以重新再坠。不过想归想，我心里却不太自信：我觉得在性方面，自己已把所有的都给了萨拉。

门铃又响了。亨利睡觉时，家里的事儿可真不少啊。这回莫德来找我了。她说："楼下有位先生要见迈尔斯先生，但我不想叫醒他。"

"是什么人？"

"是迈尔斯太太的那位朋友。"她说。这是她唯一一次承认在我们那次不光彩的合作中，她也有份。

"你最好带他上来。"我说。此刻的我自觉地位要比斯迈思高出许多，因为我人坐在萨拉的客厅里，身上穿着亨利的睡衣，还知道他斯迈思这么多事情，而他对我却一无所知。他困惑地打量着我，身上的雪水直往镶木地板上滴。我说："我们见过一次面。我是迈尔斯太太的朋友。"

"你带着个小男孩。"

"没错。"

"我来找迈尔斯先生。"他说。

"你听到消息了吧？"

"我就是为这个来的。"

"他在睡觉。医生给他服了安眠药。这事对我们大家都是个很大的打击。"我乱冒傻气地多嘴道。他四下里张望着屋子。我想：在雪松路，萨拉是个不知道从哪儿冒出来的人，像个梦，是平面的，而这间屋子给了她立体感：因为这间屋子本身也是萨拉。外面的雪好似用铲子堆出来的一样，在窗台上慢慢积成一个小丘。整座房屋像萨拉一样，正在被埋起来。

他说了声"我过会儿再来"，便神情忧郁地转过身去，这一来他那侧有毛病的脸颊便转向了我。我想：这就是她嘴唇贴到的地方。她总是会掉进怜悯心的陷阱。

他呆头呆脑地重复了一遍刚才说过的话："我来找迈尔斯先生，向他表示吊……"

"在这样的场合，人们通常是写信。"

"我想或许自己可以帮上点忙。"他有气无力地说。

"你不必去改变迈尔斯先生的信仰。"

"改变信仰？"他疑惑不解，挺不自在地问道。

"他相信萨拉人已经完全没有了，相信这就是大限，相信她的灵魂和肉体已经同时报销了。"

他突然发起火来："我只不过是想来看看她，仅此而已。"

"迈尔斯先生连有你这么个人都不知道。斯迈思，你跑到这儿来可是有欠考虑。"

"葬礼什么时候举行？"

"明天在戈尔德斯绿地。"

"她不会想要这样入葬的。"他的话让我颇感意外。

"她什么也不信，就像你说自己什么也不信一样。"

他说："难道你们都不知道吗？她在皈依天主教。"

"胡扯。"

"她给我写过信。她已经下了决心，我说什么都不会有用。她已经开始——接受宗教教育，他们用的是这个词吧？"我暗想：这就是说她还有秘密。她从没把这件事记在日记里，就像她从没把自己的病记在日记里一样。还有多少东西有待于发现呢？想到这一点真让人感到沮丧。

"这对你来说是个打击，是吧？"我想转移自己的痛苦，所以便开始嘲弄起他来。

"噢，我当然很生气。不过我们大家也不能都信一样的东西。"

"过去你可不是这么说的。"

他看看我，仿佛对我的敌意感到不解。他说："你的名字或许是叫莫里斯吧？"

"是的。"

"她对我说起过你。"

"我也从她写的东西上读到过你。她把咱们两人都给耍了。"

"我不太理智，"他说，"不过你觉得我可以看看她吗？"我听到殡仪馆的人穿着沉重的靴子走下楼来，还听到那级楼梯发出的"嘎吱"响声。

"她躺在楼上，左边第一个门。"

"要是迈尔斯先生……"

"你不会惊醒他的。"

他从楼上下来时，我已穿好衣服。他说："谢谢你。"

"别谢我，我拥有她并不比你拥有她的更多。"

"我没有权利提要求，"他说，"不过我希望你——你爱她，我知道。"他像是咽下一剂苦药似的加了一句，"她爱你。"

"你想要说什么？"

"我希望你能为她做件事。"

"为她？"

"让她以天主教徒的方式入葬，她会喜欢这样的。"

"这到底有什么两样？"

198

"对她来说我想没什么两样，不过我们慷慨大方一点总会有好报的。"

"我与这事有什么关系？"

"她总是说，她的丈夫很尊敬你。"

他荒唐得过了头。我想放声大笑，用笑声来冲破这座被掩埋起来的屋子里的一团死气。我一屁股坐到沙发上，笑得浑身发颤。我想到萨拉死了躺在楼上，亨利脸上挂着傻呵呵的笑容在睡觉，而脸上有黑斑的情人正在同雇帕基斯往他门铃按钮上抹白粉的情人讨论葬礼的问题。我笑得脸上眼泪直流。在纳粹德国发动的闪击战期间，我曾经有一次看到过一个男人在自家被炸毁的房屋外面放声大笑，他的妻子和孩子都被埋在了屋子下面。

"我不明白。"斯迈思说。他紧紧握着右拳，仿佛在准备保卫自己。我们两人谁也搞不明白的东西太多了。痛苦就像莫名其妙发生的爆炸一样把我们两人抛到了一块。"我走了。"他说着便把左手伸向了门把手。我脑子里突然闪过一个奇怪的念头，因为我没有理由相信他是左撇子。

"你得原谅我，"我说，"我心里不好受。"我向他伸出手去：他迟疑了一下，用左手碰了碰我的手。"斯迈思，"我说，"你那儿藏的是什么？你从她房间里拿了什么东西吗？"他摊开了手心，手心里是一小绺头发。"就这个。"他说。

"你没任何权利这样做。"

"噢，她现在不属于任何人了。"他说。于是我陡然间看到了她现在真正的样子——一块正等着被清出去的垃圾：你需要她的一点头发可以拔，你觉得她的指甲有价值可以剪。只要有谁需要，她的骨骼就可以像某位圣徒的骨骼一样给分解开来。她很快就会被烧掉，所以为何不该先让每个人各得其所求呢？这三年来，我一直以为自己曾以什么方式拥有过她，这可真是愚蠢到家了。我们不被任何人所拥有，就连我们自己也不能拥有自己。

"对不起。"我说。

"你知道她写信给我时是怎么说的吗？"斯迈思问道，"这不过是四天前的事。"我伤心地想：她有时间给他写信，却没时间给我打电话。"她在信上说——为我祈祷吧。要我为她祈祷，这听起来不是很奇怪吗？"

"你怎么做的？"

"哦，"他说，"我听到她死去的消息时，就为她做了祈祷。"

"你会什么祷词吗？"

"不会。"

"向你自己不信的天主祈祷似乎不太合适。"

我跟在他身后出了门——在亨利睡醒以前继续待在屋里没有什么意义。同我一样，他迟早得靠自己。我看着斯迈思在我前面一颠一颠地穿过公共草坪，心想：这真是个歇斯底里型性格的人。怀疑同信仰一样，都可以是歇斯底里的产物。雪地上许多人走过的地方雪已融化，雪水浸透了我的鞋底，让我想起自己做的那个梦里的露水。但是在试图回忆她说"不要担心"这句话时的声音时，我却发现自己想不起来她的声音是什么样子的。我无法模仿她的声音，就连滑稽式的模仿也做不到，因为只要我一尝试回忆，她的声音就失去了特征，变得同任何一个女人的声音一样。遗忘她的过程已经开始。我们应该像保存照片一样，保存灌着声音的唱片才对。

我走上破损的台阶，进了自己住屋的门厅。门厅里除了彩色玻璃外，没有什么东西同一九四四年的那个夜晚一样。一件事情的开始谁也不会知道。萨拉曾经真的相信结局是在她看到我躺在门下面的躯体时开始的。她绝不会承认其实在那之前很久结局便已经开始了：因为这种或者那种并不充分的理由，我们彼此之间电话打得越来越少；由于意识到爱情行将结束的危险，我开始与她争吵。我们已经开始看到爱情以后的东西，但是只有我意识到我们是如何被逼到这一步的。如果那颗炸弹是早一年前落下的话，她是不会发那句誓言的。她会磨破指甲也要把我救出来。我们在走到人生尽头的时候，便会像美食家吃东西时要求有更复杂的调味汁一样，哄骗自己相信天主。我望着这间墙上刷着丑陋不堪的绿色油漆、像牢房一样空荡荡的门厅，心里想：她想要我有再活一次的机会，机会果然来了——它便是这个没有气味、一尘不染、囚徒般的空虚人生。我谴责她，就好像这种变化果真是她的祈祷所招致的一样：我到底惹你什么了，让你非判我活着不可？踩着楼梯上楼时，楼梯和扶手因为刚修好的缘故发出嘎吱嘎吱的声响。她再也没有爬过这段新修好的楼梯。就连这座房屋的修理工作也成了遗忘过程的一部分。既然一切都在变化，那么人要记住什么就需要一位身处时间之外的天主。我究竟是仍在爱着呢，还是只在痛惜失去的爱情？

我走进自己的房间，写字台上放着一封萨拉写来的信。

她离世已有二十四个小时，昏迷的时间就更长，信穿过一片公共草坪怎么会用这么长时间？再一看，原来她把我的门牌号码写错了。旧时的怨恨重又一点点冒了出来。放在两年前的话，她是不会忘记我的门牌号码的。

一想到要看她写的东西，我就感到万分痛苦，以至于差点就要把信塞到煤气取暖炉里去，不过好奇心还是要比痛苦更强烈一些。信是用铅笔写的，我想这是因为她在床上写信的缘故。

"最亲爱的莫里斯，"她写道，"那天晚上你走后我就想给你写信，可是回到家后我觉得很不舒服，亨利又过于为我操心。我现在不打电话，而是给你写信。在电话上告诉你我不能同你一块儿出走，然后听到你的声音变得不对头，这会让我受不了的。我这么说是因为莫里斯，最亲爱的莫里斯，我将不和你一块儿出走。我爱你，但是我不能够再见你了。我不知道自己带着这样的痛苦和渴望到底怎么活下去。我一直在向天主祈祷，请他不要难为我，请他不要让我活着。亲爱的莫里斯，我同每个人一样，鱼和熊掌都想要。在你打来电话的两天前，我去找过一位神父，告诉他我想成为一个天主教徒。我对他说了自己发过的誓言，也说到了你。我说：其实我同亨利已经不再是夫妻了。我们不在一起睡觉——从和你在一块儿的头一年起就不再这样了。而且我们两人的关系其实也不能算是婚姻，我说，你不能把户籍登记处那里办的手续称作婚姻。我问他，我能不能成为一个天主教徒，同你结婚？我知道，你对参加一场礼拜仪式是不会介意的。每次向他提问时，我都抱着如此大的希望，就像打开一座新房子的百叶窗，去寻找外面的风景一样，可是每扇窗户外面对着的都只是一堵空墙。不，不，不，他说，我无法让你们结婚。他说，如果我想成为天主教徒的话，就不能再同你见面。我想，让他们都见鬼去吧，就走出了他的屋子。我砰的一声带上门，让他明白我对神父们的看法。我想，他们横在我们和天主之间，天主比他们还多一点仁慈。随后我便往教堂外面走，看到了他们放在那里的上面有殉难耶稣像的苦像十字架。我想，当然，他是有仁慈的，只是他的仁慈表现得十分古怪，有时候看起来倒像是在让人家吃苦头。莫里斯，我最亲爱的，我头痛得厉害，觉得像是快要死了。我希望自己的身体不要太结实。我不想活着而没有你，我知道有一天我会在公共草坪上碰到你，那时候我才不会在乎亨利、天主或者任何别的东西。但这有什么用呢，莫里斯？我相信有一位天主，我相信那一整套的花招，我没有什么不信的东西。如果他们把圣父、圣子、圣灵这三位一体给分成十二份的话，我也会相信的。如果他们找出材料来证明，说基督是彼拉多①为了帮助自己往上爬而杜撰出来的人物，我也一样会相信的。我染上了信仰，就像染上了病一样。过去我从未像爱你一样地爱过人，过去我也从未像现在一样地信仰过什么东西。我确信这一点。过去我从未确信过什么东西。当你满脸血迹地从门口进来时，我变得确信了，

① 本丢·彼拉多（Pontius Pilate, ？—36），罗马犹太巡抚（26—36），主持对基督的审判，并下令将其钉死在十字架上。

爽快并彻底地确信了，尽管当时自己还不知道这一点。我同信仰作斗争的时间比同爱情作斗争的时间要长，但现在我身上再也没有什么斗志了。

"莫里斯，亲爱的，别生气。为我感到遗憾吧，但是不要生气。我是个冒牌货、骗子，但我现在说的话并不是假装和欺骗。我曾经以为自己对自己很有把握，对什么是对什么是错很有把握，但你教会了我不要这么有把握。你剥走了我所有的谎言和自我欺骗，就像他们为一个即将到临的要人清除掉马路上的瓦砾一样。现在这个人已经来了，只不过动手清扫路面的是你本人而已。你写信时力求准确，你教我追求真实的东西，我不说实话的时候你会告诉我。你会说：你是真的这么认为，还是只是觉得自己这么认为？所以你看，莫里斯，这都是你不好。现在我祈求天主，请他不要让我这么活着。"

信在此处结束，下面再没有了。她似乎有不等自己的祈祷说出口便让它得到回应的高招，因为那天晚上，她顶着大雨回来，看到我和亨利在一起时，她不就已经开始死了吗？我要写小说的话，会在此处结尾。我曾以为小说必得在什么地方结尾才成，但现在我开始相信，这么多年来自己的写实主义一直有毛病，因为生活中似乎并没有什么东西会结束。化学家们告诉你说，物质从来不会完全消灭；数学家们告诉你说，如果你把穿过房间时走的每一步都分成两半，你会永远也走不到对面那堵墙面前。所以我要是以为故事会在此处结束，那就未免有点太乐观了。只是我像萨拉一样，也祈求自己的身体不要太结实了。

204

2

　　葬礼我迟到了。我到市中心去见一个叫沃特伯里的人，他要在一家小杂志上为我的作品写篇文章。我用扔钱币的办法来决定是否去见他。他文章里的浮夸辞藻，他会在我作品中找到的连我自己都不知道的隐含意义以及我不耐烦去面对的缺点——这些我都太熟悉了。到临了，他会带着屈尊俯就的态度把我放在或许比毛姆稍高一点的位置上，因为毛姆很走红，而我还没有犯这样的罪过——迄今为止还没有，不过尽管我保留着一点不成功的人会有的孤傲，那些小杂志还是会像精明的侦探一样闻到味道，寻踪而来。

　　我干吗要费事去扔钱币呢？我并不想见沃特伯里，当然我也不想让人写我，因为现在我对工作的兴趣已经到了尽头：谁也不可能通过赞扬来让我感到多高兴，也不可能通过指责来挫伤我的自尊心。开始写那部关于公务员的小说时，我对工作尚有兴趣。但当萨拉离开我时，我便看清了自己工作的真正面目——它是一帖无关紧要的麻醉剂，就像日复一日、年复一年地帮人消磨时间的香烟一样。如果死亡将使我们灵肉俱灭（我仍然在试图相信这一点），那么身后留下一些书籍同留下一些瓶子、衣服或者廉价首饰一样，又有多大必要呢？如果萨拉是对的话，那么艺术的所有重要性其实是多么的不重要啊！我想自己之所以扔钱币，实在是因为孤独的缘故。葬礼之前我无事可做，我想喝上一两口给自己打打气（我们会不再在乎自己的工作，但绝不会停止在乎社会习俗，人可不能在众人面前坍台）。

沃特伯里在托特纳姆宫路拐角上一家卖雪利酒的酒吧里等我。他穿了条黑色灯芯绒裤子，抽着廉价烟卷，身边有个姑娘。姑娘个子比他高许多，相貌也好看得多。她也穿着同样的裤子，抽同样的烟卷。她很年轻，名叫西尔维娅，看得出来她正学着一门很长的课程，刚刚从沃特伯里开始——她正处于模仿自己老师的阶段。我心里想：她容貌姣好，两眼机灵而和善，头发金灿灿的，她最后的归宿会是哪里呢？十年以后，她还会不会记得沃特伯里，以及托特纳姆宫路拐角上的这家酒吧？我为沃特伯里感到遗憾。此刻他是如此的自负，对我们两人一副屈尊俯就的态度，但他是处在看来要输的那一边。他正在就意识流这个话题发表一番特别愚蠢昏庸的见解，我则边喝酒边吸引着姑娘的目光，心想：瞧！即便是现在，我也能把她从他身边夺走。他写的文章是纸面装帧的，而我写的书籍是布面装帧的。姑娘知道，从我这里她可以学到更多的东西。可是，在她偶尔说出一句不带知识分子味儿的、平常人的朴素话语时，这个可怜虫竟然敢严厉地训斥她。我想告诫他未来之空虚，但结果并没这么做，而只是又喝下一杯酒，然后说："我不能久待，我得去戈尔德斯绿地参加一个葬礼。"

"戈尔德斯绿地的葬礼，"沃特伯里惊叹道，"这多么像是你自己笔下的一个人物哇，而且还非得是戈尔德斯绿地不可吧？"

"地方不是我选的。"

"生活模仿艺术吗。"

"是个朋友吗？"西尔维娅同情地问道。沃特伯里觉得她乱打岔，狠狠地瞪了她一眼。

"是的。"

我看得出姑娘心里正在揣度——那朋友是男的呢，还是女的？是什么样的朋友？看到她这样我很高兴，因为我对她来说不是一个作家，而是一个人：一个朋友死了而去参加葬礼的人；一个能感觉到快乐和痛苦，或许甚至需要安慰的人；而不是一个熟练的匠人，其作品引起的反响也许比毛姆先生的作品要大，不过当然啰，我们对其评价不能高到……

"你觉得福斯特①怎么样？"沃特伯里问。

"福斯特？呃，对不起，我正在想赶到戈尔德斯绿地得花多少时间呢。"

"得留四十分钟，"西尔维娅说，"你必须等埃奇韦尔线的地铁。"

---

① E.M.福斯特（E.M.Forster，1879—1970），英国小说家，著有《印度之行》《看得见风景的房间》等作品。

"福斯特。"沃特伯里恼火地重复了一遍。

"从地铁站再坐汽车。"西尔维娅说。

"说实话,西尔维娅,本德里克斯上这儿来并不是为了讨论去戈尔德斯绿地该怎么走的。"

"对不起,彼得,我只是想⋯⋯"

"数六下再想,西尔维娅,"沃特伯里说,"现在我们可以回过头来讨论E.M.福斯特了吧?"

"有这个必要吗?"我问道。

"这会很有意思,因为你所属的流派是如此的与众不同。"

"福斯特属于哪个流派吗?我甚至连自己属于哪个流派都不知道。你是在写教科书吗?"

西尔维娅笑了起来,沃特伯里看到了她笑。我知道,从这一刻起,他会把他干自己那个行当使用的武器磨得快快的,不过我不在乎。漠不关心和傲慢自大看上去颇为相像,他或许会觉得我是傲慢自大。我说:"我真的该走了。"

"可你才刚到五分钟啊,把这篇文章弄对真的很重要。"

"我看不出怎么个重要法。"

西尔维娅说:"我自己要一直坐到汉普斯特德。我来给你带路。"

"这你从来没对我说过嘛。"沃特伯里怀疑地说。

"你知道的,我星期三总要去看母亲。"

"今天是星期二。"

"那我明天就不用去了。"

"你真是太好了，"我说，"我很喜欢有你陪我一起走。"

"你在自己的一本书里采用过意识流手法，"沃特伯里气急败坏、着急忙慌地说，"你为何要放弃这种手法呢？"

"哦，我不知道。人们为何要换房子呢？"

"你觉得那本书是个失败吗？"

"我对自己所有书的感觉都是如此。好了，再见，沃特伯里。"

"我会把文章寄一份给你。"他说话的口气就像是在表示威胁。

"谢谢。"

"别太晚了，西尔维娅。BBC三台六点三十分有巴托克①的节目。"

我们一起走到堆着瓦砾堆的托特纳姆宫路上。我说："谢谢你把我们分开了。"

"噢，我知道你想脱身走了。"她说。

"你姓什么？"

"布莱克。"

"西尔维娅·布莱克，"我说，"这两个名字配得好，几乎是太好了。"

"那是一个好朋友吗？"

"是的。"

---

① 巴托克·贝拉（Bartok Bela，1881—1945），匈牙利钢琴家和作曲家，作品有民间音乐特色。

"是女的？"

"是的。"

"对不起。"她说，我感觉到她的话是发自内心的。在书本、音乐、穿着和谈吐方面，她有许多东西要学习，但她绝不需要学习什么是人道。她同我一块儿下了台阶，走进拥挤的地铁车厢。我们手拉吊环，并肩站着。我感觉到她靠着我，心里记起了什么是欲望。这样的情况现在免不了会出现吗？其实呢，那并不是欲望，而只不过是让人想到欲望的东西而已。在古吉街站，她侧过身子为一个新上车的人让道，我意识到她的大腿靠在我的腿上，就像我们意识到很久以前发生过的一件事情一样。

"这是我去参加的第一个葬礼。"我跟她聊了起来。

"那么你父母亲都还健在？"

"父亲还在。母亲在我外出上学的时候死了。我以为自己可以放几天假，但父亲觉得那样会把我的生活搞乱，所以我除了消息传来的当天晚上不用去上预备学校外，什么好处也没得到。"

"我死后不想火葬。"她说。

"那你情愿让蛆虫咬你了？"

"对，我情愿那样。"

我们两人的脑袋靠得很近，说话时都不用提高声音，但是由于乘客推挤，我们没法看到对方。我说："我觉得土葬火葬都无所谓。"但一说完马上就想：自己干吗要费事去撒谎呢，这事已经有所谓了，它一定会有所谓，因为最终是我说服亨利不用土葬的。

3

前一天下午，亨利迟迟疑疑地难作决定。他打电话叫我过去。萨拉走后，我们两人的关系反倒亲近起来，这可真是奇怪。他现在依赖我，就像从前依赖萨拉一样——因为我是个熟悉他们家情况的人。我甚至于敢作这样的妄测：葬礼一旦结束，他是不是就会请我过去同他合住这栋房子？届时我又该怎样答复他？从设法忘却萨拉的角度来说，这两栋房子之间并无什么可选的余地，因为她曾经同时属于两者。

我过去时，他因服安眠药的关系，还处在昏昏沉沉的状态之中。幸好如此，要不然的话我同他可能还要更扯不清呢。一个神父身子直挺挺地坐在书房的单人沙发上。此人面色阴沉憔悴，很可能是赎世主会①的人。每个星期天，他都会在我最后一次见到萨拉的那座昏暗教堂里端出地狱故事这道菜肴来让大家享用。显然，他从一开始就引起了亨利的反感，这点帮了我的忙。

"这位是本德里克斯先生，作家。"亨利介绍道，"这位是

---

① 天主教教团，1732年成立于意大利，致力于在贫苦人群中传道。

克朗普顿神父。本德里克斯先生是我太太的好朋友。"我的印象
是:克朗普顿神父已经知道了这一点。他的鼻子像一垛扶壁似的
悬在脸上,我想,对萨拉砰然关上希望之门的或许就是此人。

"下午好。"克朗普顿神父打招呼时如此恶声恶气,我顿觉
自己被逐出教门的日子已经为期不远了。

"在所有这些事情的安排上,本德里克斯先生帮了我很大
忙。"亨利解释道。

"如果早一点知道这些事情的话,我会很乐意把它们从你手
上接过去的。"

有一段时间里,我恨过亨利。现在看来,我的恨真是小心眼
儿。亨利同我一样,都是倒霉鬼,得胜的是面前这个戴真丝假
领、面容狰狞的家伙。我说:"这个你肯定不太做得到,你们是不
赞成火化的。"

"我可以安排一个天主教式的土葬。"

"她并不是天主教徒。"

"她表示过要成为天主教徒的意向。"

"这点就足以让她成为天主教徒了吗?"

克朗普顿神父拿出一张信仰告白书,像放钞票似的把它放在
桌上。"我们承认愿洗①。"告白书放在我和亨利两人之间,等着
被人拾起来,但我们两人谁也没动弹。克朗普顿神父说:"还有时
间取消你们的安排。"他又重复了一句,"我会从你们手里把一

---

① 天主教教义认为:受洗前去世的慕道者,只要去世前明白表示过受洗
的愿望,痛悔自己的罪过,并有爱德,虽未受洗,也肯定得救。天主教
会称这种洗礼为"愿洗"。

切都接管过来。"他采用了一种规劝的口吻，好像是在对麦克白夫人①说话，在许诺给她一种比阿拉伯香水更好的方法，以便帮她除去手上的血腥味。

亨利忽然开口说道："这样做真的会有很大不同吗？当然喽，神父，我不是天主教徒，但我看不出……"

"这样她会更高兴一些……"

"为什么？"

"迈尔斯先生，教会除了给人提供要负的责任以外，还给人提供特别的待遇。我们为死者举行专门的弥撒仪式，定期做祷告。我们会记住我们的亡人。"他补充道。我气愤地想：你们怎么记住他们？你们的理论说起来头头是道。你们鼓吹个人的重要性。你们说：我们身上长多少根毛发都是有数的，不过我可以用手背感觉到她的毛发；我能记得她脸朝下趴在我床上时，她脊椎骨底下那团纤细的毛发。我们也会记住我们的亡人的，我们会以自己的方式记住他们。

看到亨利软弱下来，我以坚定的态度说起了谎话："我们绝对没有任何理由相信她会变成天主教徒。"

亨利开始说话了："当然啦，护士确实是说过……"但我打断了他："她临终时神志不清。"

克朗普顿神父说："迈尔斯先生，没有重要的原因，我是不会来打扰你的。"

---

① 莎士比亚悲剧《麦克白》中的女主人公，怂恿其夫麦克白将军杀死苏格兰国王邓肯而篡位。

"我有迈尔斯太太去世前一周写的一封信，"我告诉他说，"你是多久前见到她的？"

"差不多同一个时候，五六天前。"

"我觉得奇怪，此事她在信中可是连提都没提过。"

"也许……本德里克斯先生，你没得到她的信任。"

"也许，神父，你的结论下得过于草率。人们可能对你的信仰感兴趣，问一些有关的问题，但未必就会想要成为天主教徒。"接着我又赶快对亨利说，"现在再去改变一切会很荒唐。事情该怎么做都已交代出去，朋友们已经收到了请柬。萨拉从来就不是一个狂热的人，她绝不会因为一时心血来潮而给别人带来任何的不方便。说到底，"我两眼盯着亨利，紧逼不放地说，"那个仪式将会是一个彻头彻尾的基督教仪式，而萨拉连基督徒都不是，反正我们没有看到她是基督徒的任何迹象。不过你出点钱给克朗普顿神父，让他为萨拉做个弥撒总是可以的。"

"那倒不必，今早我刚做完一个弥撒。"神父用放在腿上的手做了个动作，第一次打破了自己直挺挺的坐姿。这情形给人的感觉就像是看到炸弹落下后，一堵结实的墙壁移动，往一边歪倒下来一般。"我每天主持弥撒时都会提到她的。"他说。

亨利如释重负、仿佛事情就此了结了似的说："你真是慈悲为怀，神父。"说着他用手挪了一下烟盒。

"对你这样说似乎有点奇怪和冒失，迈尔斯先生，不过我想你并未意识到自己的妻子是个多么好的女人。"

"她是我的一切。"亨利说。

"很多人都爱她。"我说。

克朗普顿神父把目光转向我，样子活像是一位小学校长听到了教室后排一个拖鼻涕的小家伙的插话。

"也许爱得不够。"他说。

"好吧，"我说，"让我们回到正题上来。我觉得我们现在不能再变了，神父。那样做的话会引起很多议论的。你不想让人议论吧，亨利？"

"不想，哦，不想。"

"《泰晤士报》上有插登的广告。我们将不得不登一则更正启事。人们会注意到这类东西。它会引起议论。你毕竟是个有头有脸的人，亨利。然后还得发电报，很多人会已经把花圈送到了火葬场。你明白我的意思，神父。"

"我不敢说自己明白。"

"你要求的事情是不合理的。"

"你似乎有一套很奇怪的价值观念，本德里克斯先生。"

"不过想必你并不相信火化会影响遗体的复活吧，神父？"

"当然不相信。我已经把我的道理讲给你们听了。如果迈尔斯先生觉得这些道理不够充分，那就再没什么可说的了。"说完，他便从椅子上站起身来。他的模样可真是丑啊。他身子长两腿短，坐着时至少看上去还有点威严，而一旦站起来，个头便显得出人意料的矮，仿佛身子猛然间被人去掉了一大截似的。

亨利说："你要是稍早来一点就好了，神父。请不要认为……"

"我并不认为你有什么错，迈尔斯先生。"

　　"也许你是认为我有错吧，神父？"我故意无礼地问道。

　　"噢，别担心，本德里克斯先生，你现在做的任何事情都不会对她有影响了。"我想是神父听取忏悔的告解室教会了一个人仇恨。他向亨利伸出了手，但背转过身去没理我。我想对他说：你把我想错了。我恨的并不是萨拉。你把亨利也想错了。让萨拉堕落的人是他而不是我。我想为自己辩解说"我爱她"，因为在告解室里他们肯定会学会如何辨别这种情感。

4

"下一站是汉普斯特德。"西尔维娅说。

"你要下车去看你妈妈了？"

"我可以坐到戈尔德斯绿地站下，给你指指路。我一般今天不去看她。"

"这可算是做好事了。"我说。

"我想如果你要准时赶到的话，得打辆车才行。"

"我看错过葬礼的开场白不会有多大关系。"

她把我送到车站广场上，然后便打算回去。她这么不怕麻烦，让我觉得很奇怪。以往我从未发现自己身上有什么讨女人喜欢的品性，现在就更不用提了。悲痛和沮丧同愤恨一样：它们使男人因为自哀自怜和心怀怒气而显得丑陋不堪，而且它们还使我们变得何等的自私自利。我没有任何东西可以给西尔维娅——我绝不会成为她诸多老师当中的一个。然而，由于害怕即将到来的半个小时，害怕那些会窥视我的孤独的人的面孔（这些人会试图从我的一举一动中窥测我同萨拉的关系——是谁先离开谁的之类的事情），我需要她的美来支持自己。

"不过我穿着这套衣服不行。"我请她陪我去时，她表示异议道。我看得出来，她对于我要她同我待在一块儿这点有多高兴。我知道，此时此地，我就可以把她从沃特伯里身边夺过来。沃特伯里拥有的时间已经不多。如果我愿意的话，他今晚就只能一个人听巴托克了。

"我们站在后面，"我说，"你可以只当一个在周围闲逛的陌生人。"

"至少这个是黑颜色的。"她指的是自己的裤子。

在出租汽车里，我把一只手放在她的腿上。这样做仿佛是一个承诺，但其实我并不打算信守自己的承诺。火葬场焚化炉的烟囱正在冒烟，石子路上的一个个水洼半结着冰。许多不认识的人打我们身边走过——我想他们是来参加上一场葬礼的：他们就像那些离开了一场乏味的聚会，现在又可以"继续往前走"的人们一样，身上透着活泼愉快的神气。

"从这边走。"西尔维娅说。

"你很熟悉这个地方。"

"我爸爸两年前就是在这里火化的。"

我们走到小礼拜堂门前时，人人都在往外走。沃特伯里关于意识流的问题耽搁我太长的时间。我感到一阵习惯性的悲痛，因为毕竟我没赶上见萨拉最后一面。我没精打采地想：这么说来，刚才在那些市郊花园上空飘荡着的就是她的烟。亨利一个人神情恍惚地从小礼拜堂里走出来——他在哭泣，没有看见我。来宾中除了威廉·马洛克爵士外，我一个也不认识。马洛克爵士头戴大礼帽，以非难的目光看了我一眼，便匆匆忙忙地走了过去。参加葬礼的人中有六个看上去像是公务员的人。邓斯坦在不在他们当中？这一点并不重要。有些人的太太也陪着来了，至少她们对葬礼是满意的——你几乎能从她们头戴的帽子上看出这一点。萨拉的消亡使得每一位太太都变得安全了一点。

"对不起。"西尔维娅说。

"这不怪你。"

我想，如果我们能对萨拉进行防腐处理的话，她们就不会再觉得安全了，因为就连她的遗体也会为评判她们提供某种标准的。

斯迈思从里面走了出来，他快速走着，溅起地上的积水，在一个个水洼之间走远了，没同任何人说话。我听见一个女人说："十日是周末，卡特一家请我们去。"

"你想要我离开吗？"西尔维娅问道。

"不，不，"我说，"我想要有你在身边。"

我走到小礼拜堂门口，向里面望去。通往焚化炉的滑道这会儿是空的，但是用过的花圈正在被人抬出去，而新花圈正在往里搬。一个上了年纪的女人还跪在里面祈祷。这幕场景颇为不谐和，有点像是另外一场戏里的某个演员因为戏幕意外升起而突然被观众看见了一样。这时我身后响起了一个熟悉的声音："先生，在过去的事物总会过去的地方见到您，真是让人又高兴，又伤心。"

"你也来了，帕基斯。"我惊呼道。

"我看到了《泰晤士报》上登的启事，先生，所以就向萨维奇先生请了半天假。"

"你跟踪你的目标总会跟到这么远的地方来吗？"

"她是一位非常好的夫人，先生。"他语带责备意味地说，"有一回，她在街上向我问过路，当然啦，她并不知道我在附近的原因。后来在鸡尾酒会上，她还给我端了杯雪利酒。"

"是南非雪利酒吗？"我心里酸溜溜地问道。

"我说不清，先生，不过她这种做事的作风——哦，不是很多人都像她的。我儿子也……老是提起她。"

"你儿子好吗，帕基斯？"

"不好，先生，一点也不好。他肚子痛得很厉害。"

"你找过医生吗？"

"还没有，先生。我相信听天由命，在某种程度上。"

我环顾四周那一群群陌生的人，他们全都认识萨拉。我说："这些人都是谁，帕基斯？"

"那位年轻的女士我不认识，先生。"

"她同我一起来的。"

"对不起。那个走到了地平线上的人是威廉·马洛克爵士，先生。"

"他我认识。"

"那个刚刚绕过一个水洼的人，先生，是迈尔斯先生部里的头头。"

"邓斯坦吗？"

"是叫这个名字，先生。"

"你知道的可真多，帕基斯。"我原以为自己心里的妒意已经死去：我以为只要她能够再活着，自己会心甘情愿地同许许多多男人一起拥有她。可是看到邓斯坦以后，有那么几秒钟的时间，我心里的旧恨重又死灰复燃起来。"西尔维娅，"我喊道，就仿佛萨拉能听到我的话一样，"你今晚要上哪儿吃饭吗？"

"我答应了彼得……"

"彼得？"

"就是沃特伯里。"

"忘了他吧。"

你在那儿吗？我对萨拉说。你在看着我吗？瞧吧，没有你我怎么也能过得下去。这并不太难，我对她说。我的恨令我相信她还活着：只有我的爱知道她已经不在了，就像一只死去的鸟儿已经不再存在一样。

参加下一场葬礼的人们正在聚集。那个跪在围栏边上的女人看到不认识的人陆陆续续走进来，慌忙站起了身。她差点要被卷到另外一场葬礼里去了。

"我想我可以给他打个电话。"

恨像无聊一样压在即将到来的夜晚头上。我已经做出了表示：既然没有爱，我就只能走爱的形式了。我正在犯把天真无邪的人拖进我所设下的迷魂阵的罪恶，而在犯下这一罪恶之前，我便已经感到了罪过。性行为也许什么也算不上，但是你到了我这个年龄就会知道，任何时候事实都可能证明：它就是一切。我自己是安全的，但是谁知道我会利用这个孩子心里对什么东西抱有的恐惧感呢？夜里，我会笨手笨脚地做爱。我的笨拙，甚至我的不能人道（如果事实证明我的确不能人道的话），都可以帮助我达到目的。再不然的话，我以熟练老到的方式做爱也行，我的经验或许也会撩起她的热情。我乞求萨拉：为了她，而非为了我，让我从中摆脱吧，让我从中摆脱吧。

西尔维娅说："我可以说我妈妈病了。"她已经准备撒谎了：沃特伯里的末日到了。可怜的沃特伯里。此谎一撒下，我们就成了同谋。她穿着那条黑裤子，站在结冰的水洼中间。我想：此处就是一整个长远的未来可以开始的地方。我乞求萨拉：让我从中摆脱吧。我不想一切从头再来一遍，把她给害了。我已经没有爱的能力了，除了对你，除了对你。这时候，那个头发花白的老太婆脚下踩着噼啪作响的薄冰，掉转方向朝我走了过来。"你是本德里克斯先生吗？"她问道。

"是的。"

"萨拉告诉过我。"她开始说起话来。在她迟疑的间隙，我脑子里闪过一个荒诞的希望：她有讯息要带给我，死者是能够说话的。

"你是她最好的朋友——她经常这样告诉我。"

"我是她最好的朋友之一。"

"我是她母亲。"我都记不得她母亲还活着了——那些年里，我俩之间总有那么多的话要说，以至于两人的生活都像一张早年的地图一样，上面有着整块整块的空白区域，要待日后才能补上。

她说：“你不认识我，对吗？”

“实际上……”

“亨利不喜欢我，弄得很尴尬，所以我就躲开了。”她心平气和、通情达理地说。但说话时，她的泪水似乎在不由自主地往外流。参加萨拉葬礼的男人和他们的妻子已经都走了。不认识的人们正小心翼翼地从我们三人之间穿过，往小礼拜堂里走。流连未走的只有帕基斯一个人。我想他是觉得自己可能还会对我有用，可以给我提供进一步的情况。不过他就像他会说的那样，知道自己的身份，所以同我保持着一段距离。

“我得请你帮个大忙。”萨拉的母亲说。我试图回忆她的名字——卡梅伦，还是钱德勒？起头的一个字母是C。“今天我从大米森登赶来，一路上太匆忙了……”她一边说，一边就像是用洗脸毛巾擦脸一样无动于衷地擦去眼里流出的泪水。伯特伦，我想起来了，她是叫这个名字，伯特伦。

“你说吧，伯特伦太太。”我答道。

“我忘了把钱换装到我的黑提包里了。”

“只要是能做到的，我都愿意效劳。”

“要是你能借我一镑钱的话，本德里克斯先生。你瞧，我回去前得在城里吃点饭，大米森登那边店铺关门都早。”她边说边又擦了一下眼泪。她身上有点什么东西让我想起萨拉，那就是她悲痛之中透着的一份淡然，或者兴许是一种暧昧。不知道她是不是向亨利多“借”了几回。我说：“同我一块儿赶早吃顿晚饭吧。”

“可不敢麻烦你。”

“我爱萨拉。”我说。

“我也是。”

我走回西尔维娅身边，向她解释道："那是她母亲，我得请她吃晚饭。很抱歉，我可以打电话同你另约一个时间吗？"

“当然可以。”

“电话号码簿里能查到你的号码吗？”

“沃特伯里的电话能查到。”她口气沮丧地说。

“下周吧。”

“很乐意，”她伸出手来说，“再见。”我敢说，她知道是事情没赶上趟。感谢天主，这没什么关系——她在赶到地铁站前会稍稍有点懊悔，会就巴托克的曲子同沃特伯里吵上几句。我回到伯特伦太太身边，发现自己又在对萨拉说话了：你瞧，我爱你。只是爱不像恨那样敢肯定自己会被对方听到。

走到火葬场大门口时，我注意到帕基斯已经悄悄离开了。我没看到他走。他一定意识到我现在已经不再需要他了。

伯特伦太太和我在“伊索拉·贝拉”餐馆吃了晚饭。我不想去自己同萨拉一块儿去过的任何地方。自然，我马上就开始拿这家餐馆和我们一起去过的所有餐馆作起了比较。我们喝着意大利基安蒂红葡萄酒，喝它的行为本身就让我想起萨拉和我自己是从不喝这种酒的。我还不如喝我俩最爱喝的波尔多干红葡萄酒呢。不过即便是喝那种酒，我也不会就因此想她想得更多一些，因为现在就连空无一物的所在也仿佛充满了她的身影。

“我不喜欢这个葬礼。”伯特伦太太说。

224

"我很抱歉。"

"它太不近人情，活像一条传送带。"

"似乎还算合适，毕竟还有祷告。"

"那个牧师——他是牧师吧？"

"我没看见。"

"他说到什么大宇宙。我好一会儿都听不明白，还以为他在说大海雀①呢。"说话间她嘴里的汤又开始往她的汤碗里滴了。她说："我差不多要笑出声音来了，亨利看到了我。我看得出，为这事他又给我记了一笔日后要算的账。"

"你们两人合不来？"

"他是个非常小气的男人。"她边说边用餐巾拭了拭眼睛，接着又哗啦哗啦地用汤匙使劲搅汤，把里面的面条全给搅了起来。"我有一次不得不向他借十镑钱，因为我到伦敦来小住，但忘了带提包。这事谁都会碰到的。"

"那是当然。"

"我始终为自己感到自豪的一点就是：天底下谁的债我都不欠。"

她的话就像地铁系统一样，一圈又一圈、一环又一环地来回转。从喝咖啡时起，我就开始注意一路上循环出现的车站：亨利的小气、她自己在金钱问题上的清白、她对萨拉的爱、她对葬礼的不满意、大宇宙——说到此之后，某些地铁列车就又开到亨利

---

① "大宇宙"原文为Great All，"大海雀"原文为Great Aud，两词拼法相近。

那里去了。

"这很滑稽，"她说，"我并不想笑。没人比我更爱萨拉了。"我们大家都是如此爱作这样的声明，以至于听到别人的舌头上也挂着同样的话时，便不免感到恼火。"不过亨利不会理解这一点的，他是个冷漠的人。"

我竭力想转换话题。"我想象不出我们还能举行什么别的类型的葬礼。"

"萨拉是个天主教徒。"她一边说，一边端起自己那杯红葡萄酒，一口气灌下去半杯。

"无稽之谈。"我说。

"哦，"伯特伦太太说，"这个她自己并不知道。"

不知为什么，我突然间感到害怕起来，感觉就像一个用几近天衣无缝的方式作了案的人，眼睁睁地看着自己骗人的墙上出现了第一条意外的裂缝一样。裂缝会有多深？能够及时补上吗？

"你说的我一点儿也不明白。"

"萨拉从没告诉过你我是天主教徒吗？"

"没有。"

"我这个天主教徒不怎么地道。你瞧，我丈夫痛恨那整个一套把戏。我是他的第三任太太。婚后第一年和他闹的时候，我曾经说过：我俩没照规矩完婚。他是个小气的男人。"她不假思索地添补了一句。

"你是天主教徒并不等于萨拉也就成了天主教徒。"

她又呷了一口红葡萄酒，说："我从没告诉过别人。我想我有点醉了。你觉得我醉了吗，本德里克斯先生？"

"当然没有。再来一杯红葡萄酒。"

在等服务员端酒来的当儿，她试图转移话题，但我毫不留情地把她又拖了回来。"你说什么——萨拉是天主教徒？"

"答应我你不会告诉亨利。"

"我答应。"

"有一次我们出国到诺曼底①去，当时萨拉只有两岁多。那段时间里我丈夫老是去多维尔。他说是去多维尔，不过我知道他是去见他的第一任太太。我气坏了。萨拉和我沿着沙滩散步。萨拉老想坐下来，但我会让她休息一会儿，然后我们再往前走一段。我说：'告诉你一个只有我们两人知道的秘密，萨拉。'就是那个时候，她也很会保守秘密——如果她想保守的话。这件事我竟然会告诉你，想想真害怕，不过这是个很好的报复，对吧？"

"报复？我不太明白你的意思，伯特伦太太。"

"当然是报复我丈夫。这倒并不是为了他第一任太太的事儿。我告诉过你吧？他不让我当天主教徒。我要是想去做弥撒的话，嗬！那可就要闹翻天了。所以我想，萨拉要成为天主教徒，但不能让他知道。除非我真的火了，不然我不会把这事告诉他。"

"你没告诉他吗？"

"一年以后他就走了，离开了我。"

"这样一来，你又可以重新当天主教徒了？"

---

① 法国西北部行政区，临近英吉利海峡，与英格兰隔海相望。下文中的多维尔是诺曼底区的海滨城市。

"噢，这个，你瞧，我信的东西不太多。后来我嫁给了一个犹太人，他也不怎么省事。人家告诉你说：犹太人大方得不得了。别信这个，噢，他是个小气鬼。"

"不过在海滩上发生了什么事情？"

"当然啦，事情并不是在海滩上发生的。我的意思只是说我们在海滩上往前走。我把萨拉留在门口，自己进去找神父。为了解释情况，我不得不对他撒了几句谎——当然只是些小谎。当然了，我可以把事情都怪到丈夫头上。我说结婚前他答应过，可后来又违背了自己的诺言。我不太会说法语，这倒帮了大忙。你要是不知道确切的词儿该怎么说，别人听你的话便会觉得你老实得不得了。不管怎么说吧，他当场就给萨拉做了，然后我们就赶公共汽车回去吃饭。"

"做什么了？"

"做洗礼，让她成了天主教徒。"

"事情前前后后就是这样吗？"我心里松了一口气，问道。

"唔，这是件圣事①——或者说他们是这么叫的吧。"

"开始我还以为你在说萨拉真的是个天主教徒呢。"

"这个吗，你瞧，她是的，只是她自己不知道而已。要是亨利按规矩给她土葬就好了。"伯特伦太太一边说，一边又开始古怪地滴眼泪了。

---

① 天主教和基督教新教传达神圣恩典的仪式（天主教译为"圣事"，而新教译为"圣礼"），被视为传递神内在精神恩典的外在标记。传统定义的七件圣事为：洗礼、坚信礼、圣餐、神职授任礼、忏悔礼、病者涂油和婚礼。

"如果就连萨拉本人都不知道此事的话，你是不能够怪他的。"

"我老是希望这事会'发出来'，就像种牛痘一样。"

"在你自己身上它好像并没怎么太'发出来'。"我忍不住地说道，不过她听后并没生气。"噢，"她说，"我的生活里有过许多诱惑，我指望事情最后会变好。萨拉对我很耐心，她是个好姑娘。没人会有我那么喜欢她。"她又喝了点红葡萄酒，"你要是能好好了解她就好了。不是吗？要是她能正常地被抚养长大，要是我没嫁给这些小气的男人，她会成为一个天使的，这个我深信不疑。"

"可这事就是没能发出来。"我恶狠狠地说了一句，便叫服务员来结账。我依稀觉得一队灰雁正从我们来日墓冢的上空飞过，灰雁扇起的寒风顺着我的脊梁骨往下灌；要不然的话，就是刚才我站在结冰的地面上时着了寒气。要是这股寒气同让萨拉送命的那股寒气一样就好了。

这事没发出来。送伯特伦太太在马里尔博恩站下车后自己乘地铁回家的一路上，我一直在对自己重复着这句话。我又借了三镑钱给伯特伦太太，因为她说："明天是星期三，我得待在屋里。"可怜的萨拉，真正"发出来"的是那一长串的丈夫和继父。她的母亲成功地教会了她：一辈子只有一个男人是不够的。不过她自己早已看透了母亲婚姻的虚伪。正如我绝望地获知的那样，她嫁给亨利是要嫁给他一辈子的。

但是这份明见同海滩附近那个诡谲的仪式毫无关系。"发出来"的并不是你，我告诉自己不相信的那个天主，那个萨拉认为救了我的命（出于何种可信的目的呢？）的想象中的天主，他自己子虚乌有，却有本领毁掉了我所有过的唯一的深深的幸福：噢，不，发出来的并不是你，因为要是那样的话这些就是魔法了，而比起不相信你来，我更不相信魔法：你的十字架、你的肉体的复活、你那神圣的天主教会、你的圣徒相通①——这些都是魔法。

我躺在那儿，看着公共草坪上的树影在屋子的天花板上晃动。我想：那只是一个巧合，一个差点把她最后带到你身边的可怕巧合。你不可能有本事用一点水和一声祷告就给一个两岁的孩子打上终身的烙印。我要是信了这个，也就会信圣餐仪式上的面包是基督肉身、葡萄酒是基督鲜血之类的东西了。那些年里，你可并没有拥有她，拥有她的是我。最后是你赢了，这点用不着你来提醒我。但她背下垫着这个枕头，和我一块儿躺在这张床上的时候，可并没有用你来欺骗我。她睡觉的时候，是我同她待在一起，而不是你。进入她身体的是我，不是你。

所有的灯都熄灭了，床铺上方一片黑暗。我梦见自己人在市场上，手里拿着一支枪。我在向一些似乎是玻璃做的瓶子射击，可是子弹老是从瓶子上弹回来，就好像瓶子外面套着钢套似的。我打了一枪又一枪，却一个瓶子也打不破。凌晨五点时分，我醒了过来，脑子里想的仍旧是完全一样的东西：那些年里，你是我的，不是他的。

---

① 指通过洗礼与耶稣基督合为一体的全体信徒之间的团契。

5

我曾想亨利兴许会提出来要我搬过去同他合住，这自然是个拿死亡寻开心的想法，我并没当真指望他会这么做。所以当他提出此事时，我反倒吃了一惊。就连葬礼结束一周后他登门造访这件事情都让我感到意外，因为以前他从没来过我住的这栋房子。我甚至怀疑他在公共草坪上是否走到过比那个雨夜里我遇到他时更靠近南面的地方。我听到门铃响，便朝窗外张望了一下，因为我不想见客人——我想他们可能是沃特伯里和西尔维娅。人行道上悬铃木旁边的路灯光让人辨认出亨利头上戴的那顶黑帽子。我下楼去开了门。"我正好路过这里。"亨利撒谎道。

"进来。"

我从食橱里拿喝的东西时，他尴尬地愣在那里，坐也不是，站也不是。他说："你好像对戈登将军感兴趣。"

"他们要我写本传记。"

"你准备写吗？"

"我想是吧。这几天里我不太想干活。"

"我也是。"亨利说。

"王室专门调查委员会还在开会吗？"

"还在开。"

"这可以给你点事儿想想。"

"是吗？没错，我想是这样，在我们停下来吃午饭以前。"

"不管怎么说，这工作还是很重要。这是你的雪利酒。"

"这工作有没有，对谁都无所谓。"

《闲话报》上登的那张亨利洋洋自得的照片曾经把我气得要死。自那以来，他的长进可不小哇！在我书桌上，面朝下放着一张萨拉的照片，那是从快照翻拍而来的。亨利把它翻了过来。

"我记得这张照片是我给她拍的。"他说。萨拉曾告诉我说：照片是一个女友给她拍的。我想她之所以说假话，是为了照顾我的感情。照片上的她显得比较年轻，也比较快乐，不过并不比我认识她的那几年里的样子更可爱。我要是能让她看上去是这个样子就好了，可是情人们命中注定要看到不快乐像浇铸模型时倒出来的铁水一样，裹在自己恋人的身上冷却变硬。亨利说："我当时正在出洋相，逗她发笑。戈登将军是个有趣人物吗？"

"有些地方是。"

亨利说："这几天家里给人的感觉怪怪的。我尽量待在外面不回去。我猜想你没空去俱乐部吃晚饭了吧？"

"我有许多活儿得做完。"

他环顾了一下我的屋子，说："你这儿放书的地方可不多。"

"是不多，有的书我得放在床下面。"

他捡起一本杂志，那是沃特伯里在采访前寄给我的，为的是让我看看他大作的样本。他说:"我的房子里有地方,你实际上可以有自己的一个套房。"我听后大感惊讶,一时竟不知该如何回答。他一边继续很快地往下讲,一边一页页地翻着杂志,就好像他对自己的建议其实并不感兴趣似的。"考虑一下吧,千万别现在就作决定。"

"你太客气了,亨利。"

"你会是在帮我的忙,本德里克斯。"

我思忖着:干吗不呢?大家都觉得作家们是些不落俗套的人,难道我比一个资深公务员还要落俗套吗?

"昨天晚上我做梦,"亨利说,"梦到了我们大家。"

"是吗?"

"我记得不太多了。只记得我们在一块儿喝酒,大家都很开心。醒来后我想她并没有死。"

"我现在不再梦见她了。"

"我想我们要是让神父照自己的意思去做就好了。"

"那会很荒唐,亨利。萨拉并不比你和我更信仰天主教。"

"你相信人死后还会存在吗,本德里克斯?"

"如果你指的是个人死后的存在,那么我不相信。"

"我们没法证明人死后就不存在,本德里克斯。"

"要证明什么东西不存在几乎是不可能的。我写一个故事,你怎么能证明故事里的事情从来没有发生过,里面的人物不是真的呢?你听着啊!今天我在公共草坪上碰到了一个三条腿的人。"

“太可怕了，”亨利当了真，“是个畸形儿？”

“腿上还长满了鱼鳞。”

“你在开玩笑啊。”

“可是你来证明一下我在开玩笑看看，亨利。你没法证明我故事里说的事情不存在，就好比我没法证明天主不存在一样。但我就是知道他是个谎言，就像你知道我的故事是个谎言一样。”

“天主的存在当然是有根据的。”

“噢，我敢说我能给自己的故事杜撰出一个哲学上的根据来，而且还是以亚里士多德的学说为基础的。”

亨利把话题突然又转了回去。“你过来和我一块儿住还能省点。萨拉老说你的书并没有得到应有的成功。”

“哦，成功的影子正在落到它们身上。”我想到了沃特伯里的文章，便说，“你会听到那些人气评论家们摇动笔杆儿，鼓动读者大众为你的下一本书拍手喝彩——即使它还没写好——这样的时候会到来的，只是时间问题。”我夸夸其谈地说着，因为我还没拿定主意。

亨利说：“你心里不再生什么气了吧，本德里克斯？我在你加入的那家俱乐部里对你发过火——是为那个人发火。不过现在这事还有什么关系呢？”

“是我错了。他只不过是个慷慨激昂、用自己的理论引起了萨拉兴趣的唯理派狂人。忘了这事吧，亨利。”

“萨拉很好。本德里克斯，人家说她长道她短，但是她很好。这个，我不能好好地爱她，这不是她的错。你知道，我太

234

谨小慎微了，不是那种能做情人的人。她想要的是你这样子的人。"

"她离开了我，又继续往前走了，亨利。"

"你知道，我读过你的一本书——是萨拉让我读的。你在书里写到了一座房屋，房屋里的女人死去了。"

"《野心勃勃的主人》。"

"是叫这个书名。当时看来，书很不错，我想它写得合情合理。但其实你完全弄错了，本德里克斯。你描写了那个丈夫如何觉得房子里空荡荡的，很可怕；他从这个房间走到那个房间，把椅子拉来拉去，想弄出点动静来，制造出一种房屋里还有另外一个人的效果。有时候，他还会用两只酒杯来为自己倒酒。"

"我忘了，这听上去有点文学味儿。"

"你没写对，本德里克斯。问题在于，房子里看上去并不是空荡荡的。你瞧，过去经常是这样：我下班回到家，她出去了——也许同你在一块儿。我喊她，但是没有应声。那会儿，房子里是空荡荡的，我差不多在等着看到家具哪天会不翼而飞。你知道，我确实是在用我自己的方式爱着她，本德里克斯。最后那几个月里，每次回到家发现她不在的时候，我都害怕会有一封信在等着我。'亲爱的亨利'……你知道他们在小说里写到的那种事情吧？"

"知道。"

"可是现在呢，房子似乎从来也不像那样空荡荡的。我不知道该怎么表达。因为她总是不在家，所以她也就永远不会不在家了。你瞧，她再也不会上别处去了。她不会在同谁一块儿吃午饭，她不会在同你一块儿看电影。除了家里以外，她不会待在别的地方了。"

"但哪儿是她的家呢？"我说。

"哦，我得请你原谅我，本德里克斯。我精神紧张，很疲倦——我睡不好觉。你知道，除了同她谈话以外，最好的事情就是谈论她了，而我只有同你才能谈谈她。"

"她有许多朋友。威廉·马洛克爵士、邓斯坦……"

"我没法同他们一块儿谈论她，就像我没法同那个帕基斯一块儿谈论她一样。"

"帕基斯！"我惊呼道。难道他已经猫在我们的生活里，永远也不走了？

"他告诉我说，他曾经参加过我们举行的一个鸡尾酒会。萨拉会挑选一些奇怪的客人。他说你也认识他。"

"他到底想从你这儿弄到些什么？"

"他说萨拉对他的小男孩很好——天知道那是什么时候的事情，当时那孩子病了。他好像想要一点萨拉的什么东西做个纪念。我给了他一两本萨拉过去看过的儿童读物。这样的书她的房间里有好多本，上面全用铅笔涂过画过。这是处理这些书的好办法。我总不能把它们送到福伊尔书店①去吧？我觉得这样做并没什不好，你说呢？"

"是没什么不好。你说的那个人就是我安排去跟踪萨拉的侦

---

① 伦敦著名书店，曾是世界上营业面积最大的书店，创办于1903年。

探，是萨维奇侦探社的。"

"天哪，我要是当时知道的话……不过他好像真的对萨拉有好感。"

"帕基斯很通人情，"我说，"他爱动感情。"我环视了一下自己的屋子——亨利来的那个地方萨拉的痕迹不会更多，也许还更少，因为她在那里会被冲淡的。

"我会来同你一起住，亨利，不过你得让我付点房租。"

"我很高兴，本德里克斯。不过房子是我自己的，你可以付你那份地产税。"

"你如果重新结婚的话，要提前三个月通知我，好让我再找地方住。"

他对我的话很当真："结婚我是再也不想了，我不是那种适合结婚的人。我同萨拉结婚对她来说是个很大的伤害，这点我现在算是明白了。"

6

　　这样一来，我就搬到了公共草坪的北边。我浪费了一周的房租，因为亨利要我马上就过来。我花五镑钱叫了辆运货汽车，把书和衣服运过去。我住进了客房，亨利把一间堆放废旧杂物的屋子收拾成了书房，楼上有一个卫生间。亨利搬进了同他们卧室相连的更衣室，他同萨拉一起住过的那间有一对单人床的卧室留给从未来过的客人住。几天以后，我开始明白亨利说的那句房子从来也不是空荡荡的话的意思了。我每天在大英博物馆里工作到关门，然后便回去等亨利。通常我们一块儿出去，在庞蒂弗拉克特徽章酒馆小酌几杯。有一次，亨利到伯恩茅斯去开会，几天不在家。我找了个姑娘，带她回来，但是没用。我马上就知道了：自己不能人道。为了不伤她的感情，我告诉她说：我答应过一个自己所爱的女人，绝不同别人做这件事情。她很温柔，对此表示谅解——妓女们十分尊重感情。这回我心里一直没有出现过报复的念头，而只是为不得不永远放弃自己曾如此享受其乐趣的某件事情而感到哀伤。过后我做梦梦见了萨拉。在南边我原来住的那间屋子里，我们又成了情人，但

238

最后还是什么事情都没有发生。只是这一回，梦见她这件事并未让我感到伤心。我们两人很快乐，没有什么感到遗憾的地方。

几天后，我拉开卧室里一个柜子的门，发现了一堆旧时的儿童读物。亨利一定已为帕基斯的儿子洗劫过这个柜子。里面有几本安德鲁·朗格①写的包着彩色封皮的童话书，有许多贝娅特丽克丝·波特②的书——《新森林的孩子们》《北极的黑脸娃娃》等等，还有一两本比较老的书，有斯科特船长③的《最后的远征》和托马斯·胡德④的诗集，后者套着学校里用的那种皮书套，上面贴了张标签，标签上写着：此书奖给萨拉·伯特伦，以表彰她优异的代数成绩。代数！人的变化是多么大啊！

那晚我无法工作。我抱着那些书躺在地板上，试图在萨拉生活中的那些空白处至少追踪到几个特别吸引人的地方。有时候一个情人会很想兼做父亲和兄弟：他会对自己没能分享的那些岁月感到嫉妒。《北极的黑脸娃娃》很可能是萨拉藏书中最早的一本，因为书上左一道右一道地布满了用彩色粉笔作的毫无目的的、破坏性的涂鸦。在贝娅特丽克丝·波特斯的一本书里，萨拉用铅笔拼写出了自己的名字，但是其中的一个大写字母写错了，结果SARAH（萨拉）看上去成了SAЯAH。在《新森林的孩子们》一书里，她一笔一画

---

① 安德鲁·朗格（Andrew Lang，1844—1912），英国学者、诗人及翻译家，以写童话故事和翻译《荷马史诗》著称，著有12卷世界童话故事集。
② 贝娅特丽克丝·波特（Beatrix Potter，1866—1943），英国儿童文学女作家，动物故事插图画家，著有《彼得兔的故事》等二十余种以动物为主人公的作品。
③ 斯科特船长，即罗伯特·斯科特（Robert Scott，1868—1912），英国海军军官，探险家，曾两次指挥南极探险。
④ 托马斯·胡德（Thomas Hood，1799—1845），英国诗人。

地写下了这样一句话："萨拉·伯特伦她的书。不经允许，不能借出。偷窃此书，后果严重。"这些印记是每一个孩子都会留下的，它们就像冬日里人们看到的鸟儿留下的爪痕一样缺少个性特征。我把书合上时，它们就像流水般逝去的时间一样，立刻失去了踪迹。

我怀疑胡德的诗她到底有没有读过，因为书页就像女校长或者哪位尊贵的访客把书交给她时一样洁净。就在我要把书放回柜子里的时候，一张印刷品掉到了地上——很可能是哪个颁奖仪式的节目单，上面用我能认出来的书体（就连我们的书体都是早早成了形的，这张纸上的字带着那个时代所特有的陈腐的涡卷形状）写着一句话："真是废话。"我可以想象到女校长在家长们恭敬的掌声中走回自己的座位时，萨拉写下了这句话，并且亮给自己的邻座看。不知为什么，看到这句含着不耐烦、不理解以及过分的自信的女学童的话时，我脑子里浮现出了另外一句话："我是个冒牌货、骗子。"此处，在我的手掌下面，洋溢着一派天真。然而，在经历了二十年的生活之后，她对自己所抱的却是这样一种感觉，这是多么可悲的事情。冒牌货、骗子——这是不是我发怒时用来形容她的词呢？她总是把我的批评记在心上，而唯有我的赞扬会像雪花一样从她那里滑落。

我把纸片翻转过来，读到了一九二六年七月二十三日一天的节目安排：王家音乐学院邓肯小姐演奏韩德尔的《水上音乐》；比阿特丽斯·柯林斯朗诵华兹华斯的诗《我像云儿一样独自飘荡》；学校合唱团演唱《图德·艾尔》；玛丽·皮皮特小提琴独奏肖邦的《降A大调圆舞曲》。二十年前那个悠长的夏日午后将它的影子向我伸展过来，我痛恨那改变我们，把我们弄糟的生活。我想：那年夏天，我刚刚开始写自己的第一部小说。我坐下来工作时，是那样的激动，雄心勃勃，充满了希望。我的心里没有怨恨，有的只是快乐。我把纸片放回那本没有读过的书里，把书塞到柜子最里面，放在《北极的黑脸娃娃》和贝娅特丽克丝·波特斯的书下面。那时候，我们两人都很快乐，我们之间只隔着十岁的年龄和几个郡的距离。后来我们将会相遇，而这种相遇除了给彼此带来那么多的痛苦以外，并无什么清晰明了的目的。我又捡起斯科特的那本《最后的远征》。

此书一直是我最喜爱的书籍之一。现在看来，书中描写的那种仅有冰雪作敌手的英雄行为、那种只把死亡留给自己的自我牺牲精神古怪得有点过时。在我们和他们之间，横亘着两次世界大战。我注视着书上的照片：大胡子、风镜、用来作路标的圆锥形雪堆、米字旗①、带条纹的岩石间的矮种马。那些马的鬃毛长长的，像是留着不再时兴的发型。就连死亡都带着"时代的烙印"，那个在书页上画线、加感叹号的小女孩也带着时代的烙印。她在斯科特最后一封家信的边上用整齐的笔迹写道："下面是什么？是天主吗？罗伯特·勃朗宁②。"我想，早在那个时候，天主便已进入了她的心灵。他被理解为一个利用我们一时的心境钻空子的情人，他很像一个用自己的超凡事迹和传奇之举来引诱我们上钩的偶像人物。我把最后一本书放回去，锁上了柜子。

---

① 即英国国旗。
② 罗伯特·勃朗宁（Robert Browning, 1812–1889），英国诗人。

7

"你上哪儿去啦，亨利？"我问。他通常都是第一个吃早餐的。有时我还没下楼他就已经离开了家，可是今早他一直没碰过餐盘。我听到前门轻轻地关上，随后他进来了。

"哦，沿路走了走。"他含糊其词地说。

"走了一晚上？"我问。

"那当然不是。"为了表明自己的清白，他对我说了实话，"克朗普顿神父今天给萨拉做了弥撒。"

"他还在做这事？"

"一个月一次。我觉得去看看比较礼貌。"

"我想他不会知道你在那儿。"

"仪式结束后，我去找了他，向他表示感谢。事实上，我还请了他过来吃饭。"

"那么我就出去。"

"我希望你别走，本德里克斯。毕竟，他还是以自己的方式做过萨拉的朋友。"

"你该不会是也在变成信徒吧，亨利？"

"当然不是，不过他们同我们一样有权利持有自己的看法。"

于是他便过来吃饭了。使萨拉同我分开的，就是这个丑陋、粗笨、长着一只托克马达①式的难看鼻子的人。支持萨拉信守那则本来一周内就该忘掉的荒唐誓言的人就是他。萨拉走进去躲雨，结果得了"要命的重感冒"的那座教堂就是他的教堂。想到这些，我连保持最起码的礼貌都很难做到，招待客人的担子全都落到了亨利一个人身上。克朗普顿神父不习惯于在外面吃饭，他给我的印象是：外出吃饭是一项他觉得自己难以专心致志去履行的职责。他的寒暄话说得极少，他的应答就像大树倒在路上时发出的声音那样短促。

"我想你管的这片地方穷人不少吧？"亨利很受累地边吃奶酪边问道。他已经尝试过很多话题——书籍对人的影响、电影、法国之游、第三次世界大战爆发的可能性等等。

"问题不是这个。"克朗普顿神父答道。

亨利卖力地使谈话进行下去。"那么是伤风败俗的事情？"他用我们说这个词时无法避免的那种略带虚伪的腔调问道。

"这从来都不是个问题。"克朗普顿神父答道。

"我想或许——公共草坪上——晚上会看到……"

"这样的事情任何一个空旷的地方都会发生，好歹现在是冬

---

① 托马斯·德·托克马达（Tomas de Torquemada，1420-1498），西班牙多明会修士，西班牙宗教裁判所第一任总裁判官，任职期间用火刑处死异端分子约2000人。

天。"此话题便就此打住了。

"再来点奶酪吧,神父?"

"不了,谢谢。"

"我想,在我们这样的地区,募捐的工作很费事吧?——我是指为慈善事业。"

"人们捐献他们能捐的东西。"

"给你的咖啡里加点白兰地?"

"不了,谢谢。"

"你不介意我们……"

"当然不。我喝了睡不着觉,不为别的原因。我早上六点钟就得起床。"

"那到底是为什么?"

"祷告,习惯了。"

亨利说:"我恐怕没能做过多少祷告,从小时候起就没有。我曾经为自己能进入校橄榄球队的第二预备队祷告过。"

"你进了吗?"

"我进了第三预备队。我那样的祷告恐怕不太顶事吧,神父?"

"无论怎样的祷告都比完全没有要好。不管怎么说,它是对天主权威的一种承认,我想它是一种崇拜。"从开始吃饭到现在,我还没听他讲过这么多话。

"我会觉得,"我说,"这更像是用手碰木头①,或者走路

---

① 欧洲迷信,认为用手碰木头可以避邪,或者在儿童游戏中免于被捉住。

时避免碰到人行道的边沿。不管怎么说，人在那个年龄是这样的。"

"哦，这个吗，"他说，"来点迷信我并不反对，它让人想到这个世界并不是一切。"他双眉紧蹙，目光顺着鼻梁向下盯着我说，"这可以是智慧的开始。"

"你的教会肯定是喜欢大搞迷信的——圣亚努阿里乌斯①、流血的雕像、圣母幽灵等等。"

"我们努力整理这些东西。相信什么事情都可能发生不是更合情合理一点吗？比起……"

门铃响了起来。亨利说："我让保姆睡觉去了。对不起，神父，失陪一下。"

"我去吧。"我说。能躲开神父在场造成的那种压抑气氛我感到很高兴。他早已把应对问题的答案背得滚瓜烂熟，不是专干他这行的人别指望能抓到他的把柄。他就像个变戏法的，因为技术过于纯熟，结果反而弄得大家觉得厌倦。我打开前门，看到门口站着一个肥胖的女人，她身穿黑色衣服，手里拿着一只包裹。刚开始我以为她是我们的清洁工，直到她问我"您是本德里克斯先生吗？"的时候，我才知道她不是。

"我是。"

"我得把这个交给您。"她边说边把包裹快速塞到我手里，就好像里面有什么爆炸物似的。

---

① 圣亚努阿里乌斯（St Januarius，272？—305），意大利贝尼文托主教，殉教者。

"是谁送的？"

"帕基斯先生。"我把包裹翻过来，困惑地打量着它。我甚至想到：帕基斯可能把某件证据材料忘在什么地方了，现在太晚了才把它交给我。我想忘掉帕基斯先生。

"您能给我打张收条吗，先生？他要我把包裹亲自送到您手上。"

"我没铅笔——也没纸。我不想费这个事。"

"帕基斯先生对于档案记录的态度您是知道的，先生。我包里有铅笔。"

我在一个旧信封的反面给她写了收条。她把收条仔细收好后，便急匆匆地向大门口走去，一副想尽快走得越远越好的样子。我站在门厅里，手里掂量着送来的那件东西。亨利从餐室里喊道："什么事，本德里克斯？"

"帕基斯送来一包裹东西。"我的话听起来像是绕口令。

"我想他是还书来了。"

"这个时辰来还书？再说上面写的收件人是我。"

"嗯，那么是什么？"我不想打开包裹。亨利和我两人不是都正经历着一个痛苦的忘却过程吗？我觉得自己好像已经为登门去找萨维奇先生的侦探事务所的事儿遭够了报应。我听到克朗普顿神父的声音说："我该走了，迈尔斯先生。"

"时间还早。"

我想待在房间外面不进去，这样就可以让亨利一个人向神父表示礼貌，而不用再去加上我的那一份了，神父也就可以走得快一点。于是我便打开了包裹。

亨利说得不错。包里面是安德鲁·朗格写的一本童话，但是书页里夹着一张折叠起来的便条纸，上面是帕基斯的信。

"亲爱的本德里克斯先生。"我读道。因为以为这只是一封表示谢意的便笺，我便不耐烦地把目光移到了最后几句话上。

"所以在此情况下，我宁愿不把该书存放于家中，敬希您能向迈尔斯先生作一解释，说明本人并无不知恩图报之意。阿尔弗雷德·帕基斯谨上。"

我在门厅里坐下，听到亨利在说："不要认为我的思想很封闭，克朗普顿神父……"我开始从头读帕基斯的信：

"亲爱的本德里克斯先生，我写信给您，而不是迈尔斯先生，是由于我们之间有过的密切的、尽管是哀伤的交往，以及由于您是一个习惯于陌生事件的富有想象力的文学先生，我确信可以得到您的同情。您知道我的孩子近来肚子一直痛得厉害，因为不是冰激凌的缘故，我一直担心是阑尾炎。医生说动手术。动手术不会有何不好，可我非常害怕给孩子动刀，因为我确信，他母亲就是因为手术疏忽而死在刀下的，如果我又这样失去了这孩子那可如何是好？我会十分孤独的。原谅我说这些细节，本德里克斯先生。在我们这个行业里，我们所受到的训练就是把事情按先后顺序理好，先发生的事情先说，这样法官就不会抱怨我们没把事情讲清楚了。所以星期一的时候，我就对医生说：让我们等到病情十分肯定的时候再说吧。不过有时候我想：孩子肚子痛是因为他在迈尔斯太太家外面等我，替我盯梢时受寒引起的。如果我说她是一位心地非常善良的太太，不应该去打扰她的话，您该会原谅我的。干我这一行你没法挑挑拣拣。可是自从第一天在仕女巷里发生那件事情后，我就一直希望被自己盯梢的是别的随便哪位太太。不管怎么说，我孩子听到这位可怜的太太如何死去的消息后十分难过。她只对他说过一次话，但我觉得他不知道怎么会有这样的想法，竟然觉得他妈就是她这个样子的。虽说就她本人而言，她妈也算得上是个心地笃实的好女人，我每天都想念她，但她并不像这位太太。后来，他的体温升到了103度①，这对于他这样一个孩子来说是够高的了。这时候，他就开始像先前在街上那样对迈尔斯太太说起话来了，就好像她在身边似的，不过即使是在这个年龄，他也有职业自豪感，所以告诉她说自己正在盯她的梢——这事他是不会做的。后来她要走了，他就开始哭起来。后来他就睡着了。可是醒过来的时候，他的体温还是102度。他跟人要梦里面她答应给他的礼物，这就是我打扰迈尔斯先生，骗他将此书给我的原因。为此我感到羞愧，因为这里没有工作上的理由，只是为了我那可怜的孩子。

"我把书弄来给孩子以后，他变得平静了一点。但我心里很担忧，因为医生说他不能再冒险了，星期三得让孩子去住院。所以您瞧，我因为自己那可怜的妻子、可怜的孩子，以及害怕动刀而担心得没法睡觉。不怕您见笑，本德里克斯先生，我使劲地祷告。我向天主祷告，然后又向我妻子祷告，请她做做她能做的事情，因为如果说现在有谁在天堂的话，那就是她了。我也请求迈

----

① 华氏度，约39.4摄氏度。

尔斯太太，如果她人在天堂的话，也做做她能做的事情。既然一个成年人都会这样，本德里克斯先生，您也就能够理解为什么我那可怜的孩子会胡思乱想了。今天早上我醒来后，他的体温是99度，身上一点也不痛了。等到医生过来的时候，他已经一点不舒服也没有了。于是他说我们可以等一等，结果他一天都很好。只是他告诉医生说：是迈尔斯太太来把疼痛带走的，她摸了摸——如果您能原谅我的不雅的话——他右边的肚子，还在书里为他写了东西。可是医生说，他得绝对保持安静才行，而书会让他兴奋。在此情况下，我宁愿不把该书存放于家中……"

我把信掉过来，看到反面有一则附言："书页上写了些东西，但是谁都能看出那是多年前迈尔斯太太还是个小女孩时留下的，只是我担心自己那可怜的孩子肚子再疼起来，所以不能解释给他听。阿·帕敬上。"我翻到书的扉页，上面是用笔迹难以擦掉的铅笔和尚未成形的字体乱涂乱画的东西，同我先前看到的那些上面有孩提时代的萨拉·伯特伦题词的书籍上的涂鸦没有什么两样：

我生病时妈妈送我这本朗格写的书。
若是没病的人偷了这本书，头上就会撞个大窟窿。
不过你要是生病躺在床上
你就可以把它拿去看。

我把书拿回了餐室。"是什么东西？"亨利问。
"是那本书，"我说，"你把它送给帕基斯前，看过萨拉在上面写的东西没有？"

"没有。怎么啦？"

"是个巧合，没什么。不过看来要想迷信的话，你不一定非
要信克朗普顿神父的教不可。"我把信交给亨利，他看完后便把
它递给了克朗普顿神父。

"我不喜欢这样，"亨利说，"萨拉已经死了。我讨厌看到
人家对她议论来议论去的……"

"我明白你的意思，我也有同感。"

"这就像是听到她被那些素不相识的人谈论一样。"

"他们并没有说她哪里不好。"克朗普顿神父道。他放下信
来说："现在我得走了。"但人却没有动弹。他眼睛看着茶几上的
信，问道："她写在书上的东西呢？"

我把书从桌上推过去给他。"噢，这是好多年前写的了。她
同所有孩子一样，在自己的很多书里都写下了类似的文字。"

"时间真是个怪东西。"克朗普顿神父说。

"那孩子当然不会明白书上的这些话都是过去写下来的。"

"圣奥古斯丁①曾经问过时间是从哪里来的。他说时间是从
尚不存在的未来来到短暂的现在，然后再进入已经停止存在的过
去的。在理解时间方面，我并不觉得我们有任何比儿童高明的地
方。"

"我并不是说……"

---

① 奥勒留·奥古斯丁（Aurelius Augustinus，354—430），死后被称为圣人
和圣师，基督教教父与神学家，著有《忏悔录》《上帝之城》等。

"噢，好了，"神父说着站起身来，"你可不要介意这件事，迈尔斯先生。它只说明你太太是个多么好的女人。"

"说这个帮不了我多大忙，对吧？她现在是已经停止存在的过去的一部分了。"

"写这封信的人很有见识。向死者祷告和为他们祷告一样没有什么害处，"说完他又重复了一遍自己刚才说过的话，"她是个好女人。"

听到这里我突然发起火来。我相信自己之所以恼火，主要是因为他的自鸣得意。因为他那副从来不会被心智方面的事情难住的神气，以及他那种自以为十分了解一个我们已经认识多年，而他只是认识了几小时或者几天的人的自负。我说："她根本不是这样的人。"

"本德里克斯。"亨利厉声喝道。

"她会给任何一个人戴上马眼罩，让他什么也看不见，"我说，"就连神父也不例外。她不过是把你给骗了，神父，就像她骗了她丈夫和我一样。她是个撒谎高手。"

"她从来也不会装腔作势。"

"她的情人并不止我一个——"

"住口，"亨利说，"你没权利……"

"别拦他，"克朗普顿神父说，"让这个可怜的人发泄吧。"

"别把你的职业怜悯用在我身上，神父，你还是留着它们给那些来找你忏悔的人用吧。"

"我该怜悯谁不能听你指挥,本德里克斯先生。"

"任何一个男人都可以占有她。"我很想相信自己说的话,因为那样一来,也就没有什么需要想念或者追悔的东西了,我就不会再被拴在她到过的任何地方,我就自由了。

"在忏悔之事上你也不能给我任何训诫,本德里克斯先生。我给人做告解已有二十五年了。我们能做的事情当中没有哪件是我们之前的某些圣徒所没有做过的。"

"除了平生不得志以外,我没有什么好忏悔的。神父,你还是回到你的人那儿去吧,去守着你那该死的小亭子和你的念珠吧。"

"你什么时候想找我,都可以在那里找到我。"

"我想找你,神父?神父,我不想无礼,不过我可不是萨拉。不是萨拉。"

亨利尴尬地说:"我很抱歉,神父。"

"你不必抱歉。我知道人痛苦时是什么样子。"

我无法刺穿他那张自鸣得意的厚皮。我推开椅子,说:"你搞错了,神父。这不是什么像痛苦那样捉摸不定的东西。我不是痛苦,而是仇恨。我恨萨拉,因为她是个小娼妇;我恨亨利,因为萨拉死心塌地地跟着他;我恨你和你那臆想中的天主,因为你们从我们大家身边夺走了萨拉。"

"你是个很会恨的人。"克朗普顿神父说。

我两眼呛着泪水,因为我没有能力让他们两人当中的任何一个人难过。"你们这帮家伙都给我见鬼去吧。"我说。

252

我砰的一声带上身后的房门，把他们两人一起关在屋里。让他把他那套圣洁的智慧都倾倒给亨利吧，我想。我是孤身一人，我想孤身一人。如果我不能拥有你，我就永远孤身一人。哦，其实我像任何一个人一样有信的能力。我只要让自己心灵的眼睛闭上一段足够长的时间，就会相信你夜里到过帕基斯儿子的身边，用你的抚摸给他带来了安宁。上月在火葬场时，我请求你从我身边救下那个姑娘，你便把自己的母亲推到了我和那姑娘中间——或者人家会这么说吧。不过如果我开始相信这个的话，我就得相信你的天主了。我得爱你的天主才行。与其这样的话，我还不如去爱那些跟你睡过觉的男人呢。

　　上楼梯时我告诫自己说：得理智一点。萨拉现在已经去世很久了——对于死去的人，我们不会老是这样强烈地爱下去，唯有对活着的人我们才会如此，而她已经不再活着了，她也不可能再活了。我可不能相信她还活着。我躺到床上，闭上眼睛，试图理智一点。既然有时我这么恨她，那么我怎么还能爱她呢？是我们真的能既恨又爱呢，还是我真正恨的只是我自己？我恨自己那些用无关紧要的琐屑技巧写成的书籍；我恨自己身上那副匠人的头脑，它如此地贪求可供照葫芦画瓢的对象，以至于不惜让我为弄到写作素材而去引诱一个自己不爱的女人；我恨自己的身体，它消受了如许之多，却没有足够的本事来表达内心的感受；我恨自己多疑的脾性，它让帕基斯出发去盯梢，在门铃上抹粉，去字纸篓里东翻西找，偷窃你的秘密。

　　我从床头柜的抽屉里取出她的日记，随手将它打开。在去年一月份的一个日期下面我读到了这么一句："天主啊，如果我真的能恨你的话，那又意味着什么呢？"我想：恨萨拉只不过是因为爱萨拉，恨自己只不过是因为爱自己。我不值得恨——莫里斯·本德里克斯，《野心勃勃的主人》《带花冠的偶像》《滨水墓地》等书的作者，蹩脚文人本德里克斯。如果你，也只有你存在的话，那么就没有任何东西值得我们去恨——就连萨拉也不值得。我想：有时候我恨莫里斯，可是如果我也不爱他的话，我还会恨他吗？天主啊，如果我真的能恨你的话……

　　我想起了往日萨拉曾怎样向她所不信的那个天主祷告，于是此刻我便对自己所不信的萨拉说起话来。我说：为了让我能够活过来，你曾把我们两人都供奉给了天主，可是这种没有你的生活算是什么生活呢？你爱天主当然没什么不好，你已经死了，你有天主在身边。而我还活着，活到要生病，健康到要腐烂。如果我要开始爱天主的话，可不能就这么死掉算数。我得为此做点什么才行。我得用手触摸你，我得用舌头品尝你：我们不可能有爱却什么也不做。你叫我不要担心（就像有一次你在我睡梦里所做的那样），那是没用的。我要是那样去爱的话，那一切就都完了。爱你的话，我会茶饭无心，对任何别的女人都提不起欲望。而爱他的话，只要他不在，我便会觉得做任何事情都没有乐趣。我甚至会弄丢自己的工作，我会不复为本德里克斯。萨拉，我很害怕。

　　那天夜里凌晨两点时分，我完全醒了。我走到食橱面前，找了点饼干和水。我为自己在亨利面前那样说萨拉感到后悔。神父说：我们能做的事情，没有哪桩不是某个圣徒曾经做过的。像凶杀和通奸这样轰动的罪孽可能确乎如此，可是圣徒是不是会犯嫉妒和小气的罪过呢？我的恨同我的爱一样卑鄙。我轻轻打开房门，看了看睡在里间的亨利。他用一只手臂挡住眼睛，开着灯在睡觉。因为看不见他的眼睛，他的整个身体显得无名无姓，没有什么个人的特征。他只不过是一个人——是我们众人当中的一个。他像是我们在战场上碰到的第一个敌军士兵；这个敌军士兵已经死去，与别的阵亡士兵无法区别；他既不是白军，也不是红军，而只是一个同我们自己一样的人。我在他床边放了两块饼干，以备万一他醒来关灯时饿了想吃。

8

    我的书进展不顺利（写作这件事看起来真是浪费时间，可是又有什么别的办法好打发时间？），于是我漫步穿过公共草坪，去听听那些演讲人的演讲。我记得在战前的日子里，曾经有一个演讲人让我觉得很逗趣。现在看到他安然无恙地重又回到了自己的演讲位置上，我感到很高兴。他同以政治和宗教为主题的演讲者们不同，并无什么讯息要传递。他从前是个演员，眼下便光是讲故事，背诵诗歌的片断。他要求听众随便挑出哪首诗来让他背，看他会不会背不出来。"《古舟子咏》①。"有人叫道。他便马上一字一顿地给大家背诵出其中的一节。有个凑热闹的人说："背莎士比亚的第三十二首十四行诗。"他随便背了四行。那个凑热闹的人说不对，他便说："你的版本搞错了。"我环顾了一下四周同我一起在听演讲的人，发现斯迈思也在场。或许他已经先看到了我，因为他用萨拉没有吻过的那侧漂亮脸颊对着我。不过即便这样，他也还是竭力回避着我的目光。

---

① 英国诗人赛缪尔·泰勒·柯勒律治（Samuel Taycor Coleridge，1771—1834）所作的一首长篇叙事诗。

我怎么就老是想同萨拉认识的人说话呢？我从人群中挤过去，走到他身边招呼道："你好，斯迈思。"他用手帕捂住自己那侧不好看的脸颊，把身体转向我。"噢，是本德里克斯先生。"他回应道。

　　"葬礼以后就再也没见过你。"

　　"我去外地了。"

　　"你还在这里演讲吗？"

　　"不了。"他踌躇了一下，然后又勉强补充了一句，"我已经不做演讲了。"

　　"不过你还在搞家庭教学吧？"我逗弄他道。

　　"不，那个我也不做了。"

　　"我希望你没改变自己的观点吧？"

　　他没精打采地说："我不知道该信什么。"

　　"什么也不该信，问题的关键就在这里。"

　　"是这么回事。"他开始往人群的外面挪动一些位置，我发觉自己站到了他有毛病的脸颊那侧。我按捺不住地想再多逗逗他。"你是不是牙痛？"我问他。

　　"不是，怎么了？"

　　"有那条手帕，看上去有点像。"

　　他没搭腔，只是把手帕拿开了。手帕底下没有什么难看的东西需要掩藏。除了一个不显眼的斑点之外，他的皮肤非常红润和年轻。

　　他说："碰到熟人老要向他们解释，我都给弄烦了。"

"你找到了灵丹妙药？"

"是的，我刚才告诉过你我去外地了。"

"去的是私人疗养院？"

"对。"

"动手术？"

"那倒不是，"他不太情愿地补充了一句，"用的是触摸的办法。"

"信仰疗法？"

"我没信仰，绝不会去找江湖医生。"

"是什么毛病，风疹块吗？"

为了打住话题，他含糊其词地说："用现代方法，电疗。"

我回到家里，重新试着定下心来写书。每次开始写书的时候，我总是发现书里的一个人物很顽固，怎么写也不肯活起来。从心理学的角度讲，这个人物并无什么不真实的地方，但他就是钉在那里不动，需要有人来推动他，需要有人来给他找到话讲。我得把自己在奋斗年代里学会的一应技巧全部用上，才能使他在读者的心目中活起来。有时候，当某位评论家称赞说，他是整个故事里刻画得最好的人物时，我会有一种乖张的满足感，觉得他即便算不上是刻画出来，也肯定算是给硬扯出来了。每当我开始工作的时候，他都会像吃进肚子里但没好好消化的肉食一样，沉重地压在我的心头。在有他出场的每一幕场景里，我创作的快乐都会被夺走。他从来不做出人意料的事情，他从来不会让我感到吃惊，他从来不对什么负责任。书里面的每一个人物都会帮忙，而他却只会碍事。

可是没他又不行。我能想象到一位天主，他对我们当中某些人的感觉正是如此。我们可以推测，从某种意义上说，圣徒们是自己创造了自己。他们会活起来，他们能做让人吃惊的事情，说让人吃惊的话。他们置身于情节之外，不为情节所左右。而我们则需要有人来推着走。我们患有自身并非真实存在物这一顽症，我们无法逃脱地受到情节的束缚。天主按照自己的意图，腻烦地驱策着我们，一会儿上这儿，一会儿上那儿。我们是一些没有诗意、没有自由意志的人物。我们唯一重要的价值就是有时候可以帮帮忙，为一个活生生的人物提供活动和发言的场景，或许也为圣徒们提供实现他们自由意志的机会。

听到楼门关上，门厅里传来亨利的脚步声时，我感到很高兴，这使我有了停下笔来的借口。那个人物现在可以待在那儿不动，一直待到明天早上——去庞蒂弗拉克特徽章酒馆的时刻总算来了。我等着亨利从楼下叫我（在一个月的光景里，我们两人的作息习惯已变得像两个在一起生活多年的单身汉一样固定），可他并没叫。我听见他走进了自己的书房。稍顷，我也跟在他身后进了书房——我惦记着自己的那杯酒呢。

我想起了那次同他一起回到家里的情景。当时他情绪低落、心事重重地坐在这座绿色的《掷铁饼者》雕像旁。不过此刻看着他时，我心里却既没有妒嫉，也没有快乐。

"去喝一杯，亨利？"

"对，对，当然。我只是要换换鞋。"他有在城里穿的鞋和在乡下穿的鞋，公共草坪在他眼里是乡下。他弓着身子正在系鞋带，鞋带上有个结解不开——他的手指总是不大听使唤。他解得不耐烦了，便把鞋子从脚上拧了下来。我拾起鞋，替他解开了鞋带。

"谢谢你，本德里克斯。"或许就连这么小小的一个伙伴情谊之举也给了他信心。"办公室里今天出了件很不愉快的事儿。"他说。

"给我说说。"

"伯特伦太太打电话来。我想你不认识伯特伦太太吧？"

"噢，认识的，那天我见到过她。"那天——这真是个奇怪的字眼，听上去就好像除了那天以外，所有的日子都一模一样似的。

"我们两人始终不大合得来。"

"她告诉过我。"

"在这件事情上，萨拉一直处理得很好，她让她母亲走开。"

"她是来借钱的？"

"是的。她想借上十镑——原因还是那老一套：今天上城里来，买东西，钱用完了，银行又关门……本德里克斯，我并不是小气鬼，可是我对她这种没完没了的样子很恼火。她自己每年有二千镑的收入，同我挣的差不多一样多。"

"你给她了吗？"

"噢，是啊，我们总是会给的。问题在于我克制不住，还是说了她一顿，结果就把她给惹火了。我问她已经借过多少次了，又有多少次是还的——这么一说，还钱的事倒是破天荒第一回变得容易了。她掏出支票本来说：她马上就写一张支票给我，把所有的欠账都还清。她的火气这么大，我以为她要说话算数了，可是实际上她忘了自己已经把最后一张支票都用掉了。她本来是想让我难堪的，结果却弄得自己很难堪。可怜的女人。当然啰，这样一来事情也就更糟了。"

"她做什么了？"

"她指责我没给萨拉安排合适的葬礼。她给我讲了个奇怪的故事……"

"我知道，她在几杯红葡萄酒下肚后曾经给我讲过这个故事。"

"你觉得她在说假话吗？"

"不。"

"这是一个奇特的巧合，对吧？两岁大时受洗，然后开始回忆，回忆到你连记都不记得的时候……就像是得了传染病，一个传给另外一个。"

"就像你说的，是个奇怪的巧合。"以前我给亨利打过气，现在可不能让他动摇。"我还知道更奇怪的巧合，"我接着往下说，"去年，亨利，我百无聊赖，竟然收集起车牌号来。这事真能教会你什么是巧合。有一万个可能的号码，而且天知道会有多少种组合，可塞车时我偏偏就会一次又一次地看到两辆号码数字一样的汽车挨在一块。"

"是啊，我想是会这样。"

"我绝不会相信没有巧合，亨利。"

楼上的电话铃隐隐约约在响，我们直到这会儿才听见，因为书房里电话铃的开关被关上了。

"噢，天哪，天哪，"亨利道，"如果又是这个女人打来的电话，我一点都不会感到意外。"

"让她打好了。"我说话时电话铃声就断了。

"我倒不是小气，"亨利说，"我想她十年里借的钱加起来也不超过一百镑。"

"出去喝一杯。"

"当然。噢，我还没穿鞋。"说着他便弯下腰去穿鞋。我能望见他头上那块谢了顶的地方：看上去就仿佛是烦恼磨穿他的头皮，钻出来了一样——我自己也曾经是他的烦恼之一。他说："要是没有你的话，我真不知道该怎么做，本德里克斯。"我从他肩上掸掉几片头屑。"噢，这个，亨利……"随后，还没等我们动身，电话铃又响了。

"别管它。"我说。

"我最好还是接一下，你不知道……"他鞋带还没系好，便站起身来，走到书桌旁。"喂，"他应答道，"我是迈尔斯。"随后他把听筒递给我，松了口气似的说："是你的。"

"是我，"我说，"我是本德里克斯。"

"本德里克斯先生，"听筒里传来一个男人的声音，"我觉得该给你打个电话。今天下午我没对你说实话。"

"你是谁？"

"斯迈思。"那人说。

"我不懂你的意思。"

"我告诉你说我去疗养了，其实我根本没去。"

"说真的，这事对我来说一点也不重要。"

他的声音像手一样沿着电话线伸向我："这事当然很重要。你没在听我说。并没有什么人给我治过脸，我的脸是一夜之间突然变好的。"

"怎么会的？我还是不……"

他用一种同你结伙密谋什么似的讨厌口气说："怎么会的，这只有天知地知，你知我知了。这事回避不了，我瞒着不说是不对的。这是一起……"但是，没等他说出那个报纸上用来代指"巧合"的愚蠢字眼，我就把电话挂上了。我想起了他那只攥紧的右手，想起了看到他们把死者捆扎起来，像分割自己衣服似的分割她时我所感到的愤怒。我想：他这个人十分自负，一定要说自己得到了某种启示。用不了一两个周，他就会在公共草坪上宣讲这件事情，并且把自己治好的面孔亮给大家看。事件还会上报："唯理派演讲人因灵丹妙药而改变信仰。"我竭力收起自己对巧合的所有信心，但是我脑子里所能想到的一切（想时带着嫉妒，因为我身边可没圣徒遗物护佑），就是夜里他那侧被毁了的脸颊贴在萨拉头发上的情景。

"谁来的电话？"亨利问道。我迟疑了一下，不知是不是该告诉他，但随后又想：不，我不能相信他，他会同克朗普顿神父搅在一起的。

"斯迈思。"

"斯迈思？"

"就是萨拉曾经造访的那个家伙。"

"他有什么事？"

"他的脸治好了，没别的。我要他告诉我那位大夫的名字。我有个朋友……"

"用的是电疗吗？"

"不太清楚。我在什么地方读到过，说风疹块的病因是歇斯底里，治疗方法是精神疗法和放射疗法双管齐下。"这么说听上去似乎很有道理，或许事情确实如此也说不定。又是一桩巧合，两辆车牌数字一样的小汽车。我不无腻烦地思忖道：到底会有多少个巧合呢？葬礼上她母亲的出现、那孩子做的梦，这样的事会日复一日地继续下去吗？我感觉到自己就像一个体力耗尽，终于明白了潮水之力大过自己力量的游泳者。可是即使自己要遭灭顶之灾，我也要托起亨利，直到最后一刻。说到底，这不就是做朋友的本分吗？因为假如这事没被证明是子虚乌有，假如它上了报，那么恐怕谁也没法预料它会怎样收场。我想起了曼彻斯特的玫瑰事件——那场骗局过了好久才被人们识破。眼下这个世道里，大家都是如此歇斯底里。到时候就会有人来搜寻圣徒遗物，会有祈祷仪式和列队游行。亨利是有头有脸的人，因此流言蜚语将会大行其道。所有的记者都会跑来，对他和萨拉的生活刨根问底，竭力打探出关于在多维耶附近举行的那场洗礼的奇异故事。假仁假义的报界庸俗不堪，我能想象到他们会用什么样的新闻标题，而这些标题又会引发出更多的"奇迹"。咱们得把这事的苗头消灭在摇篮里。

我想起了自己放在楼上房间抽屉里的那本日记。我想：那个也得处理掉，因为它可以被他们用自己的方式来加以解释。事情看来似乎是这样：为了我们自己，我们必须保住她；而为了保住她，我们却不得不把她的特征一一毁掉。就连她儿时的读物也已经被证明是一种危险。还有相片——亨利给她拍的相片。这些绝对不能让报界弄到手。莫德可以信任吗？我同亨利两人一起努力，凑合着建起了一个家，可就是这个家现在也正在被人家分化瓦解。

"我们去喝一杯吗？"亨利问道。

"我马上就来。"

我上楼回到自己的房间里，取出萨拉的日记，把封面和封底扯掉。它们很结实：布做的背衬像植物的根须一样裸露出来；扯掉它们就像是扯掉鸟儿的双脚和双翅。日记趴在床上，受了伤，没了翅膀，成了一叠纸张。它的最后一页显露在最上面，我又读到了这段话："你在那儿，教导我们大肆挥霍，就像你教导富人们所做的那样，以便有朝一日，我们会除了对你的这份爱之外别无所有。但是你对我太好了。我向你要求痛苦时，你却给了我安宁。也给他这个吧，把我的安宁给他——他更需要。"

我想：这个你可没能成功，萨拉。你的祷告至少有一条没能应验。我并没能得到安宁；除了对你，对你的爱以外，我也没有任何别的爱。我是一个仇恨之人，不过我已不再感受到太多恨了。我说别人歇斯底里，可我自己说过的话也太过火了。我能察觉到自己的话不真诚。我主要的感觉与其说是仇恨，还不如说是恐惧。因为我想，假如天主存在，假如就连像你这样欲火旺盛、会偷情、会说你曾经说过的那些懦弱的谎言的人都能这样改变的话，那么我们大家只要像你这样两眼一闭，一劳永逸地跳上一跳，就都会成为圣徒的。假如你是圣徒的话，那么当圣徒就不是什么难事，而只不过是他可以要求我们当中任何一个人去做的一件事情，这件事就是：跳。但是我不跳。我坐在床上，对天主说：你夺走了她，但你还没得到我。我知道你的狡猾。是你把我们带到了一个很高的地方，说是要把整个宇宙都给我们。天主啊，你是一个魔鬼，在引诱着我们往下跳。可我并不想要你的安宁，不想要你的爱。我想要的只是一种十分简单、十分容易的东西：我想要同萨拉终生相守，但你却把她带走了。你用你那恢宏的计划毁掉了我们的幸福，就像收割者毁掉一个鼠穴一样：我恨你，天主，我恨你，就好像你真的存在一样。

我看着那一沓纸。同一绺头发相比，它们不太带有个人的味道：头发你是可以用嘴唇和手指去触碰的。我对心灵已经厌倦透顶。以往我一直是为了她的肉体而活着，此刻我想要她的肉体，可是我拥有的一切却只是这本日记。于是我把日记锁进了橱柜，因为如果毁掉它，让自己更彻底地没有了萨拉，不就等于让他又得胜了一回吗？我对萨拉说：好吧，你就一意孤行好了。我相信你还活着，他也存在。可是要把对他的这种恨转变成爱，所需要的并不仅仅是你的祷告。他抢了我的东西，我要像你写的那个国王一样，抢走我身上他所想要的东西。恨在我的脑袋里，而不在我的肚子里或者皮肤里。你不能像去除疹子或者粉刺那样去除

266

它。我不是像爱你一样地恨你吗？我不是也恨自己吗？

我从楼上招呼亨利道："我好了。"于是我们便肩并肩地穿过公共草坪，朝庞蒂弗拉克特徽章酒馆走去。街灯还没点亮，恋人们在十字路口约会。草坪那头就是那座台阶被毁的房屋，他就是在那儿把残缺不全的绝望生活重又还给了我。

"我老是期盼着我们黄昏时分的散步。"亨利说。

"是啊。"

我思忖着：明早要给医生打个电话，问问他信仰疗法①是否可能，但转而一想，又觉得还是不打为好。只要不知道实情，我们就可以想象无数种疗法……我用手扶住亨利的胳膊。为了我们两人，我现在得坚强起来，他还没到真正担心的时候呢。

"我现在唯一真正期待的事情就是它了。"亨利说。

在本书的开头，我曾写道：此书所记述的是恨。此刻，在同亨利并肩前去喝一杯晚间啤酒的路上，我找到了一句同冬日里的情调似乎很相称的祷告词：噢，天主啊，你做的够了，你从我这里抢走的东西已经够多的了。我太疲倦，也太衰老，已经学不会爱了。永远地放了我吧。

---

① 指通过宗教信仰和祈祷而非医学手段治疗病痛或残疾的方法。

扫二维码，关注卖书狂魔熊猫君，并回复
"恋情的终结"，抢先试读格雷厄姆·格
林其他经典作品。

图书在版编目（CIP）数据

恋情的终结 /（英）格林（Greene,G.）著；柯平译
. -- 南京：江苏凤凰文艺出版社，2017.3
（读客全球顶级畅销小说文库）
书名原文：The end of the affair
ISBN 978-7-5399-7941-0

Ⅰ.①恋… Ⅱ.①格… ②柯… Ⅲ.①长篇小说—英
国—现代 Ⅳ.① I561.45

中国版本图书馆 CIP 数据核字（2014）第 285623 号

中文版权 ©2017 上海读客图书有限公司
经授权，上海读客图书有限公司拥有本书的中文（简体）版权
图字：10-2014-453 号

书　　名　恋情的终结
著　　者　（英）格雷厄姆·格林
译　　者　柯　平
责任编辑　丁小卉　姚丽
特邀编辑　姚红成　高一君
责任监制　刘　巍　江伟明
策　　划　读客图书
版　　权　读客图书
封面设计　读客图书　021-33608311
出版发行　凤凰出版传媒股份有限公司
　　　　　江苏凤凰文艺出版社
出版社地址　南京市中央路 165 号，邮编：210009
出版社网址　http://www.jswenyi.com
印　　刷　北京中科印刷有限公司
开　　本　880mm × 1230mm 1/32
印　　张　8.75
字　　数　171 千
版　　次　2017 年 3 月第 1 版　2017 年 6 月第 3 次印刷
标准书号　ISBN 978-7-5399-7941-0
定　　价　58.00 元